거꾸로 매달아도 사는 게 좋다

# 거꾸로 매달아도
# 사는 게 좋다

임봉택 씀

진실의힘

# 차례

## 1장 섬에서 자란 아이

이엉 집의 기억 9 | 개야도 참외는 왜 꿀맛이 아닐까? 12 |
상여와 돼지고기 14 | 논두렁 쥐 양식 서리 17 | 토끼와 개구리 21 |
"홍자 만났다!" 24 | 아버지의 눈물 28 | 남포동 거리의 네온사인 32 |
흑산도 아가씨들 38 | 엎어진 배, 서조호에서 살아난 기억 42 |
첫사랑, 펜팔 46 | 연평도 조기잡이 52 | 총맞은 신 부장 56 |
바람과 파도에 맡겨 놓은 내 목숨 59

## 2장 말로는 다 할 수 없는 고통

환장해 뛰다 죽을 일, 미쳐 죽을 일! 65 | 다 표현할 수 없는 고통 70 |
간첩 아니라 간첩 할애비라도 고문을 당하면 74 | "고무·찬양죄"를
받을 사람은 바로 형사들 78 | 전주로 가서 서류를 꾸미다 83 | 유치장의
악몽 86 | 교도소의 법률 선생들 90 | 불고지죄를 가르쳐 준 검사 94 |
요즘에는 무슨 고기가 많이 잡히냐? 99 | 감방장 통통구의 에피소드 103 |
꽁꽁 묶인 이감 날, 택시비 106 | 출소, 11개월만에 상봉한 어머니 109 |
"봉택이는 이렇게 살아서 나왔는데, 당신은 무엇 때문에 죽었소!" 114

# 3장 거꾸로 매달아도 사는 게 좋다

기관장이 되어 121 | 복희 씨와 첫 만남 126 |
"복희 씨 보려고 여기까지 왔습니다!" 130 | 우리 두리 육아일기 중에서 137 |
해태 어장의 실패와 완파된 우리 배 성덕호 142 | 15년 넘도록 둘이서
파도를 헤치며 145 | 돌게 통발 10kg이 벌금 100만 원 149 | 가난하지만,
나는 부자다! 153 | 배움의 길 155 | 재심과 고문수사관 대면 161 |
진실의 힘 167 | 나의 꽃밭 173

# 1장
## 섬에서 자란 아이

나는 1947년 개야도에서 태어나 자라면서
유년시절의 기억이 별로 없지만
초등학교 때부터 기억을 더듬어 써보겠다.

우리 배 성덕호
2023. 9. 14. 임봉택

# 이엉 집의 기억

우리 집은 옛날에 토기를 만들던 사람들이 살았던 흙담
집이었다. 나무는 거의 들어가지 않았고, 흙으로만 벽을 쌓고
서까래를 만들어 그 위에 흙을 올렸다. 흙이 마르면 그 위에
짚으로 엮은 이엉을 얹어 지붕을 만들었다.

우리 집은 세 가구가 살림을 할 수 있도록 지어진 집이었다.
지금도 우물(샘)은 그대로 남아 있다.
샘 쪽 방에는 성냥장수 할머니가 세 들어 사셨다. 화장실 쪽
아랫방에는 서산에서 배 타러 온 황 씨네가 살았다.
황 씨네는 조그마한 방 한 칸에서 황 씨 어머니, 황 씨 내외,
딸(화자)까지 네 식구가 살았다. 우리 식구는 아버지, 어머니,
형, 동생, 그리고 나까지 다섯 명, 황 씨네가 네 명, 성냥장수
할머니네가 세 명이니 한집에 열두 명이 사는 것이다.

한집에서 세 가구, 열두 명이 살림을 하니, 화장실이 문제가
되지 않을 수 없었다. 화장실이라 해봐야 큰 항아리 두 개를
땅에다 묻어 놓고, 나무 말뚝 몇 개 박아 놓고, 보릿대나
밀대로 이엉을 엮어 뼁 둘러 쳐 놓은 게 다였다. 지금은
화장실에 가면 "똑똑" 노크를 하지만, 화장실 문이 없는
옛날에는 기침소리가 노크였다. 화장실 앞에 가서 "큼큼"

두 번 한다. 화장실에 사람이 있다면 기침을 두 번 해줘야
사람이 있다는 걸 알 수 있었다.

집집마다 요강이 없는 집이 없었다. 소변이 마려우면 남자들은
아무 곳이나 싸면 됐다. 여자들은 그러지도 못하니 집집마다
요강을 놔둔 것이다. 소변은 그렇게 해결했지만, 대변이
마려울 때는 어쩔 수 없이 우리 밭에 심어 놓은 수수밭 아니면
밀밭, 보리밭 같은 곳으로 들어가 볼일을 보며 살았다.

지금도 그렇지만 예전에는 사리 때(바닷물이 더 많이 들어오고,
더 많이 빠지는 때를 말한다. 보름이나 그믐일 때가 그렇다)가 되면,
바로 옆집에 가고 싶어도 도로에 물이 차서 오도 가도 못했다.
물이 빠져나가야 오고 갈 수가 있었다. 물이 빠지고 나면
여름철에는 멍석만 한 해파리가 밀려와 도로에 널브러져 있을
때도 있었다.

여름에는 더워 집에서 자기가 힘들었다. 집안에서 시원하게
할 수 있는 것은 부채 한두 개가 전부였으니까. 그래도 우리
집에는 우물이 있어서 두레박으로 한 바가지 떠서 쭉쭉
끼얹고 자면 조금이나마 나은 편이었다.

개야도 사람들은 2월 초부터 바닷일을 시작해서 6월
육젓잡이가 끝날 때까지 바다에서 산다. 육젓잡이 어장까지
마치면 배는 그 다음 해 봄까지 한 곳에 정박해 놓아야
한다. 우리 집은 포구처럼 쏙 들어간 곳에 자리잡고 있어서
바닷물이 쉽게 들어올 수도 없었고, 뒤에 산이 있어서 바람도
막아줬다. 그래서 개야도 사람들은 여름 태풍이나 겨울 바람을
피하기 위하여 우리 집 앞으로 배를 가지고 들어와 여러 배를
함께 묶어 정박을 해놓았다.

그렇게 정박해 놓은 어선에서 여름 밤에 잠을 자면 시원하고
모기한테 뜯기지 않았고, 지금으로 말하면 "왔다"였다.
저녁밥만 먹으면 홑이불 껍데기 하나 챙겨 들고 어선으로
자러 가는 것이다. 비가 오지 않는 밤에는 청년에서
꼬마들까지 거의가 우리 집 앞에 정박해 놓은 어선으로
모여들었다. 친하게 지내는 친구들끼리 모이면 남들이 잠들어
코를 골아댈 때까지 기다렸다가 남의 담요나 이불 껍데기를
몰래 가져와 덮고 자기도 했다.

# 개야도 참외는 왜 꿀맛이 아닐까?

여름철에는 어쩌다 한 번씩 참외를 싣고 육지에서 장사 배가
들어올 때가 있었다. 그러는 날이면 우리 같은 꼬맹이들은
부모님이 사준다고 해야 참외 한두 개가 고작이었다. 그래서
우리들은 너나 할 것 없이 부모님이 밭에 일하러 나가기를
기다렸다가 부모님이 나가기 무섭게 곳간에 들어갔다. 보리
두 됫박씩 훔쳐다 참외하고 바꾸어 먹었다. 와~ 그 맛은
꿀맛이었다.

옛날에는 먹을 것이 없으니까, 살구나 배 같은 과일은
다 익기도 전부터 견뎌 내지를 못했다. 다 익지 않으면 시고
떫어서 지금 같으면 쳐다보지도 않지만, 옛날에는 친구들과
어울려 남의 것을 따서 나눠 먹으면 왜 그렇게 맛이 있던지!
알 수 없는 일이다.

참외도 그렇다. 육지에서 들어온 참외는 꿀맛인데 개야도
참외는 맛이 없었다. 텃밭이 있는 집이라면 참외나무 몇
그루씩은 다 심어 놓았다. 참외가 달리면 익은 뒤에 따먹어야
하는데 익도록 놓아두면 내 차지가 못 됐다. 때문에 익기 전에
따다 먹으니 개야도 참외가 꿀맛이 되겠는가? 먹고 싶은 것
제대로 먹지 못하고 살았지만, 지금 생각해보면 그래도 그때가

내게는 즐겁고 행복한 시절이었다. 배고프고 굶주리며 살아도 그런 세상이 다시 온다면 얼마나 좋을까 하는 생각이 가끔 든다. 그렇게 좋았던 시절을 왜 좋은 줄도 모르고 허송세월 했을까? 지금 와서 후회해 봐야 소용없는 것!

글을 쓰다 보니 옛날 소리 가락 〈청춘가〉가 생각나 몇 자 적어볼까 한다.

세월이 가기는 흐르는 물 같고 인생이 늙기는 바람결 같구나. 천금을 주어도 못 사는 세월을 허송 세월로 보내지 말아라. 세월은 덧없이 흘러가고 나의 청춘도 아차 한번 늙어지면 다시 청춘은 어려워라. 우리 인생 모두가 백 번을 산다 해도 병든 날과 잠든 날, 걱정, 근심, 다 제하면 40년도 못 사는 인생. 아차 한번 죽어지면 북망산천의 흙이로구나.

## 상여와 돼지고기

내 고향 개야도는 1960~70년만 해도 바다에 나가서 죽거나
젊은 사람이 갑자기 사망하는 것을 제외하고는, 동네
어르신들이 돌아가시면 잔치 분위기였다.

왜냐하면 사람이 죽으면 초상집에서는 아무리 가난하게
살아도 돼지 한 마리는 꼭 잡는 풍습이 있었기 때문이다.
그때만 해도 명절이 아니면 고기 먹기가 힘들었다. 초상이
나면 젊은이들은 산에 가 땅을 파서 시신 모실 곳을 정리하고,
어르신들은 상여를 꾸민다. 시신을 올려 놓을 상여대를
만들면, 여인들은 상여 꽃을 만든다. 시신 모실 꽃상여를
만들어 놓고 동네 한복판 공터에서 "잔치 아닌 잔치"를 벌이는
것이다. 왜 "잔치 아닌 잔치"냐? 부모 잃은 가족들은 울고불고
야단인데, 그렇지 않는 사람들은 흔치 않은 돼지고기에 떡까지
얻어먹을 수 있기 때문에 어른이나 아이 할 것 없이 모여들어
잔치 분위기가 되는 것이다.

시신이 집에서 나와 상여에 모셔지면 운상(상여가 출발하는
것)이 시작된다. '상여 앞잡이'라고 하는 소리꾼이 장구를
치면서 소리를 메긴다. 소리꾼이 메기는 소리 한 구절을
소개하자면 이렇다.

"이제가면 언제나 오나 오실 날짜나 일러나 주오"

그러면 상여꾼들이 후렴을 한다.

"허허허허허허허 허이야루 넘자 허~허~허"

이렇게 후렴이 끝나면 소리꾼은 또 소리를 한다.

"가지 마오, 가지를 마오. 정들은 내 님아 나 혼자 두고 가지를 마오."

가족들은 물론이고 구경꾼들까지도 눈물을 흘릴 정도로
구슬프게 소리를 메기는 '상여 앞잡이' 소리꾼이 있었다.

상여를 메고 후렴을 하는 사람들은 한쪽에 여섯 명씩
열두 명인데, 상주들은 후렴을 크게 해달라고 앵병(옹기)
소주를 바가지에 따라서 돼지고기하고 마구 먹인다. 왜냐하면
상여꾼들이 얼큰하게 취해야 부끄러움 없이 목청껏 후렴을
해주기 때문이다. 그렇게 상여를 놀다가 시신이 땅으로 들어갈
시간이 되면, 상여꾼들은 상여를 맨 채로 동네사람들에게 절을
한다. 망자가 동네사람들과 마지막으로 하직인사를 한다는
뜻이다. 그리고 나서 시신은 북망산천으로 돌아가는 것이다.

상여가 가는 길 앞에는 만사라는 깃발이 있다. 여러가지 색깔의 천을 이어 깃발을 만들고 긴 대나무 끝에 매달아 들고 상여가는 길을 안내하는 것이다. 만사는 어른들이 드는 것이 아니라 초등학교 다니는 어린아이들이 들고가는 풍습이 있었다. 이 깃발을 서로 들고 가려고 야단들이었다. 왜냐하면 깃발을 들고 산까지 가면 돼지고기 한 덩어리와 시루떡 한 바라기(한 덩이)를 주기 때문이다.

시신을 땅속에 잘 모셔 놓고 봉분 쌓는 일이 끝나면 산신제를 지냈다. 산신제를 지낼 때는 세 상 또는 네 상을 차려 놓았다. 그 상 위에는 초상집에서 제일 좋은 음식만 갖다가 차려 놓기 때문에 상여꾼들의 호기심이 집중됐다. 산신제가 끝나기 무섭게 상 위에 차려진 음식을 먼저 차지하려는 것이다! 그때만 해도 먹을 것이 너무 부족했기 때문에 눈에 쌍심지를 켜고 달려들었다.

# 논두렁 쥐 양식 서리

가을이 되면 들에 나가 콩을 베어 커다랗게 다발로 묶은 다음
밭에다 널어 놓았다. 콩이 바짝 말라야 도리깨질할 때 잘
떨어지기 때문이다. 그렇게 널어 놓은 콩다발을 우리 아이들은
주인 몰래 훔쳐다가 시멘트 바닥에 놓고 불을 붙인다. 콩대가
다 타면 콩이 익어서 고소해지는데, 윗도리를 벗어서 콩대 탄
재를 부채질하면 재는 날아가고 익은 콩만 남게 된다. 그 콩을
골라 나눠 먹으면 그렇게 맛있을 수가 없었다.

그뿐이겠는가. 오후 수업이 끝나면 책 보따리를 둘러매고
집으로 가는 것이 아니라, 학교 옆에 미리 숨겨 놓은 톱이나
낫을 가지고 산으로 올라간다. 좋은 나무만 골라 베어다가
못땡이(말뚝)를 만든다. 못땡이치기를 하다 보면 어느새
뉘엿뉘엿 해가 진다. 그러다가 집에 가면 부모님한테 혼쭐이
났다. 부모님 심부름도 해야 하고, 숙제도 해야 하는데 맨날
놀기만 한다고 어쩔 때는 밥도 못 먹고 쫓겨날 때도 허다했다.

여름방학 때나 학교에 가지 않는 날이면 대나무로 짠
바구니와 낚싯대를 들고 바닷가에 나간다. 망둥이 낚시를 하며
하루 종일 물속에서 놀다 보면 오후가 된다. 배가 고파 집으로
돌아오면 아버지는 바다에 나가셔서 안 계시고, 어머니는

밭에 나가 안 계시니, 먹을 것은 내가 찾아야 했다. 고구마나 옥수수 같은 것을 쪄 놓은 것이 있으면 그거 몇 개 먹으면 되지만, 그것마저 없으면 어머니가 밥 지으려고 절구통에 찧어 삶아 놓은 보리쌀을 몇 주먹씩 집어먹으며 허기를 때울 때도 많았다.

보릿고개를 지날 때면 먹을 것이 없어, 부모님은 쌀농사 짓는 집에서 장리 쌀 한 가마니를 빌려왔다. 장리 쌀이라는 것은 한 가마니 얻어오면 그해 가을에 두 가마니 값을 갚아야 하는 비싼 쌀이었다. 그걸 뻔히 알면서도 아이들을 굶길 수가 없으니 장리 쌀이라도 얻어다 죽으로 끼니를 때우는 집들이 많았다.

그나마 쌀죽은 끈기가 있어 좋았지만, 배급 나온 밀가루는 그렇지 않았다. 그런 밀가루로 쑨 죽을 먹는 아이들이 무슨 힘이 있겠는가? 어린 시절에는 일 년에 두서너 번 배급이 나왔는데 주로 밀가루 아니면 안남미가 나왔다. 배급이 나온 날은 그것을 타다 먹기 위해서 온 동네 사람들이 그 앞에서 장사진을 이루기도 했다.

가을걷이가 끝나고 나면 우리는 쇠스랑과 바구니를 가지고
논에 들어 가서 모 포기를 팠다. 그 밑에 미꾸라지가 숨어
있었다. 그걸 잡아 미꾸라지탕도 끓여 먹었다. 논두렁에는
쥐구멍도 많았는데 거기에는 쥐들이 겨울철에 먹으려고
나락 모가지(벼 이삭)를 많이 저장해 놓았다. 우리는 쥐구멍만
있으면 "이게 웬 떡이냐?" 하고 팠다. 어떤 쥐구멍에서는 벼
이삭이 웬만한 바구니로 한 바구니씩 나오는 데도 있었다.
쥐한테 뺏어 온 그 나락 모가지를 절구통에 찧어 쌀알만 골라
밥을 해먹기도 했다.

그러저럭 겨울이 지나고 봄이 오면 오리나 갈매기가 알을
낳을 때가 된다. 그러면 우리는 조그마한 배를 타고 노를 저어
무인도를 찾아 다녔다. 오리알, 갈매기알 할 것 없이 알이란
알은 모두 주워 삶아 먹으며 영양보충을 했다.

옛날 아이들은 친구들끼리 모여서 연도 만들어 날리고,
학교 운동장에 가서 굴렁쇠도 굴리고, 팽이도 치고, 배를
만들어 바다에 가서 띄우기도 하고, 겨울이 되면 논에 가서
스케이트도 타고, 썰매도 만들어 타고, 그러한 놀이들이
무척이나 많았다. 그런데 요즘 아이들은 너나 할 것 없이

컴퓨터에 빠져 아무것도 모르는 것 같아서 조금은 아쉽다.
그런들 어쩌겠는가? 시대가 그런 것을.

이런들 어떠하리 저런들 어떠하리
만수산 드렁칡이 엉켜진들 어떠하리.

이럴 땐 이런 글이 어울릴 것 같아서 한번 적어봤다.

# 토끼와 개구리

나는 어릴 때부터 살아 있는 동물 키우기를 좋아했다.
봄이면 개구리를 잡아 와 땅을 파고 깨진 유리창 조각을
주워 개구리가 나올 수 없게 덮어 놓는다. 개구리가 먹을 수
있게 지렁이도 잡아 주고, 온갖 곤충 다 잡아 개구리가 있는
구덩이에 넣어 주었는데, 이 개구리들이 서로 많이 먹으려고
도망 다니는 곤충을 쫓아가며 잡아먹는 것을 보고 있으면
정말 재미도 있고 신기하기도 했다.

토끼도 많이 키워보았다. 토끼는 짝짓기 한 날부터 딱
한 달이면 새끼를 낳는데, 새끼를 낳을 때면 어미 배 부분의
털을 많이 뽑아 놓고, 그 털 안에 새끼를 낳는다. 토끼는
새끼도 자주 낳지만, 새끼 숫자도 많다. 적어야 대여섯 마리고,
많이 낳으면 열두 마리까지 낳는다. 이렇게 숫자가 늘다 보면,
토끼풀 뜯어다 주는 일도 보통 일이 아니다. 나 혼자 힘에
부치면, 학교 갔다 온 아이들한테 줄 비과사탕(종이로 싸 놓은
사탕)이나 눈깔사탕을 사다 놓고, 토끼풀을 많이 뜯어오면
사탕 두 개, 그렇지 않으면 사탕 하나를 줬다. 그 사탕을
얻어먹기 위해 토끼풀을 부지런히 뜯어오는 아이들이 많아
한결 힘들지 않게 토끼를 키울 수 있었다.

사탕 살 돈은 걱정할 필요가 없었다. 토끼를 판 돈으로
해결했다. 토끼를 어미로 키우면 잘 팔렸다. 허리 아픈 데
약으로 달여 먹거나 어른들이 탕으로 끓여 술안주를 한다고
했다. 많이 사가는 편이었다.

토끼를 판자로 지은 집에서만 키우다 보니 똥 치우기가 힘이
들었다. 그래서 흙구덩이를 토끼가 나오지 못할 정도로 깊이
파 놓고, 빗물이 들어가지 않게 지붕을 만들었다.

토끼가 하는 짓은 신기한 것이 너무나 많았다. 저희들끼리
짝짓기를 해서 새끼 낳을 때가 되면 굴을 파기 시작하는데,
뒷다리를 이용해 흙을 굴 밖으로 퍼내는 것을 보고 있으면
기가 막혔다. 그러다 흙파기가 끝나면 그 토끼가 2~3일 정도
안보인다. 새끼를 낳으러 굴속으로 들어간 것이다. 새끼 낳은
것을 확인하려면 어미 토끼가 풀 먹으러 나왔을 때 앞가슴을
보면 안다. 새끼를 낳기 위해 털을 다 뽑았기 때문이다.
굴속에서 새끼를 품고 있던 어미 토끼가 배가 고프면 풀을
먹으려고 굴속에서 나와 첫번째 하는 일이 있다. 무엇이냐면
풀포기를 물어 굴 앞에 쌓아 놓고, 그 위에 흙을 파서 다른
토끼들이 들어가지 못하도록 입구를 막아 놓고 먹이를 먹는

것이다.

옛날에는 짐승들이 자기 새끼들한테 하는 짓을 보면 재미있고 웃긴다고만 생각했는데, 지금은 사람이나 짐승이나 새끼를 자기 목숨보다도 더 귀중하게 키워낸다는 것, 부모의 자식사랑은 무엇과도 비교할 수 없는 것이라는 생각이 든다.

지금 이 세상에서 일어나는 사건들을 보면 무어라 할 말이 없다. 어떻게 자식이 부모를 죽이고, 어떻게 어미가 새끼를 죽여버린단 말인가? 세상이 이렇게 돌아가니 말세, 말세 하더니 정말로 인간의 말세가 되지 않았는지 걱정스럽다.

글을 쓰다 보니 잘 풀리지 않을 때는 잠깐 쉬었다 가는 것이 장땡이지. 잠깐 쉬는 동안에 생각나는 글이 있어서 몇 자 적어볼까 한다.

요즈음 자주 듣는 이야기 중에 유전무죄요 무전유죄라고 하던가. 요즘도 법을 다루는 판·검사 양반들 중에 그런 인간들이 있다고 본다. 다 그렇지는 않겠지만, 조선시대 탐관오리들이 써먹던 그 못돼먹은 버르장머리를 하고 있는 양반들을 생각하면 한심하기 짝이 없다.

# "홍자 만났다!"

어린 시절에는 먹을 것도 귀했지만 땔감(나무) 때문에도
애로점이 많았다. 사시사철 땔감이 필요했지만, 특히 겨울이
되면 친구들 두서너 명이 합심해서 남의 산에 들어가
소나무를 베어서 톱으로 자른다거나, 십여 미터가 넘는
왕소나무에 올라가 소나무 가지를 잘랐다. 그 무거운 걸
지게에 짊어지고 주인한테 들킬까 봐, 가까운 길이 있는데도
먼 길로 돌아서 집으로 가곤 했다.

왕소나무에 올라가 소나무 가지를 치다가 느닷없이 주인이
나타나면 나무에서 내려가지도 못하고 주인이 하는 행동만
보고 있어야 했다. 소나무 가지는 당연히 뺏기는 거지만,
고약한 주인은 지게뿐 아니라 작대기까지 분질러 버렸다.

풀도 땔감이 됐다. 풀은 봄이 되어 자라기 시작해서 가을까지
자라는데, 우리는 초가을이 오기 전에 국유지나 남의 논두렁,
밭두렁 풀을 베기 시작했다. 보름 정도면 풀베기가 끝났다.
남보다 조금이라도 풀을 많이 베어 말려 놓아야 땔감으로
쓸 수 있기 때문에 서둘러야 했다.

어떤 때는 비가 많이 오면 금강에서 떠내려온

세비세덩이(나무쓰레기를 개야도에서는 이렇게 불렀다)를 서로
많이 차지하려고 밤에도 잠을 자지 않고 해변가에 나가
있기도 했다. 세비세덩이가 밀려오는 것이 보이면 물속으로
뛰어들어 서로 차지하려고 난리가 한판 벌어진다. 어찌됐든지
물속에 있는 세비세덩이를 많이 끌어다 모래장벌(모래사장)에
올려놓아야 내 것이 되기 때문이다. 금강에서 떠내려온
세비세덩이를 잘 말려서 불을 때면, 풀을 말려 놓은 것보다 몇
배는 오래 타고도 불땀이 좋았다.

배를 타고 다니다가, 무인도에 떠밀렸다 떠내려가지
않은 세비세덩이를 발견한 사람은 "홍자(횡재) 만났다"고
동네사람들이 부러워 했다. 그때만 해도 석유나 연탄 같은
것으로 불을 피워 쓴다는 것은 상상도 못할 때니까. 오직
바다에 떠다니는 것이 있으면 주워 햇볕에 말리면 땔감이
되는 것이다. 조그마한 섬에 사람이 너무 많이들 사니까
땔감이 부족할 수밖에 없었다.

우리 개야도에는 내가 초등학교를 다닐 때만 해도, 한집에
아이들이 5~6명은 보통이었고, 1학년에서 6학년까지 학생
수가 한 학년에 3~40명씩은 됐으니까, 인구 수가 얼마나

많았겠는가? 그러다 보니 농사를 지어서 알곡을 털어 내면
모든 줄기나 대는 모두가 땔감으로 사용했다. 말하자면
보릿대, 고춧대, 콩대, 수숫대, 서석(조)대, 깻대, 밀대, 볏짚은
물론이고 쌀 방아를 찧을 때 나오는 겨까지도 아궁이에 넣고
불미(풀무)로 바람을 일으켜 땔감으로 사용했다.

가을이 되면 변산 쪽에서 참나무 장작을 커다란
주낸비선(상선)에 한 배씩 싣고 와서 나무 장사를 하는데,
중선배(엔진없이 바람으로 움직이는 배) 선주들은 참나무
장작을 많이들 사 놓았다. 겨울 땔감으로도 썼지만, 봄이 되어
어선들이 고기를 잡으러 바다로 나가려면 바다에서도 밥은
꼭 해먹어야 하니까 쌀과 장작은 필수품이었다.

땔감에 대한 글을 쓰다 보니 너무 지루한 것 같아서 조선왕조실록에서
눈여겨 보았던 대목이 생각나 몇 자 적어볼까 한다.

〈지방행정의 필요악〉에서 본 것인데 옛날 조선시대에도 지금 우리
대한민국 행정과 같이 장·차관이 있었다. 조선시대 행정조직은 6부로
나뉘었는데 이조, 호조, 예조, 병조, 형조, 공조가 그것이다. 이조는
행정 및 인사를, 호조는 나라에서 쓸 수 있는 예산을, 예조는 나라에서

해야 할 일과 제사를 담당했다. 병조는 나라를 지킬 수 있는 군사를 관리했으며, 형조는 죄인들을 다스리는 지금의 검·경과 같은 일을 했고, 공조는 토목공사를 담당했다. 이 체제는 위로는 중앙정부에서 아래는 작은 고을에까지 마찬가지였다. 또 현감(사또) 아래에도 6부가 갖춰져 있었고 그 담당자인 아전을 방이라 불렀으니 각각 이방, 호방, 예방, 병방, 형방, 공방이 있었다. 이들을 뭉뚱그려 아전이라 불렀는데 그 중에 최고인 이방은 수리라고 했다.

# 아버지의 눈물

나는 초등학교를 졸업하고 열세 살부터 어부 생활을 시작했다.
우리 집이 가난도 했지만, 형님은 손가락이 붙어 있는
장애인으로 태어났고, 아버지 혼자서는 고기잡이가 힘들었기
때문에 내가 자연스럽게 아버지를 따라 뱃일을 하게 된
것이다.

설 명절이 지나가기 바쁘게 소라 껍데기를 사다가 주꾸미
잡이 어장을 만들어 바다에 넣기 시작한다. 옛날에 나일론
줄이 어디 있겠는가. 탈곡하고 난 볏짚으로 새끼를 꼬아 그
줄에 소라 껍데기를 달아 주꾸미를 잡을 때였다. 그런데
볏짚으로 만든 새끼줄은 일 년만 쓰면 삭아서 다음 해에는
쓰지 못하기 때문에, 해마다 가을 추수가 끝나면 볏짚을
사다가 겨울 내내 온 식구들이 새끼줄 꼬는 일에 매달려야
했다. 그 새끼줄에 소라 껍데기를 매달아 바다에 펼쳐 놓으면
주꾸미는 소라 껍데기를 제 집으로 생각하고 그 속에 들어가
사는 것이다. 우리는 바람만 세게 불지 않으면 매일같이
바다에 나가 주꾸미를 잡아 상고선(장사할 물건을 싣고 다니는
배)에 팔았다.

그때는 동력선이 없었다. 전마선을 타고 캄캄한 새벽 바다를

아버지와 함께 노를 저어 나가면, 손발이 너무 시려 젓던 노를 놓고 손을 입에 대고 호호 불고 앉아 있었는데, 우리 아버지가 고개를 돌리시고 눈물을 닦는 것을 보았다.

나는 그때 아버지의 눈물을 심각하게 생각하지 않았다. 그러나 지금 와서 아버지의 눈물을 생각하면, 가슴이 아프고 눈물이 난다. 추워서 떨고 있는 자식의 행동을 보시고 얼마나 괴로웠으면 눈물을 보이셨을까? 우리 아버지도 지금 이 글을 쓰고 있는 나와 같은 심정이셨을 것이다.

그때는 나일론 장갑이나 양말 같은 것이 없고 면장갑이나 면양말뿐이었는데, 그것마저 구하기가 어려워 떨어지면 기워 신고, 또 떨어지면 또 기워 신다가, 떨어지면 장갑 대신 떨어진 양말을 손에 끼고 바다에 나가서 작업을 했다.

삼사 년 동안 그렇게 주꾸미 배를 타며 바다 생활을 하다가 열일곱 살 먹던 해부터 상고선을 타기 시작했다. 그해 가을부터 사촌 매부의 형이 운영하는 7톤 정도 되는 발동선(동력선) 만풍호를 타고 인천이나 광천, 강경 같은 포구로 새우젓을 실어 나르는 일을 했다. 6월에 새우를 잡아 저장해 놓았다가 젓갈로 파는 것이다. 배에서 내가 하는 일은 화장(밥해 주는 선원)이었다. 누구나 큰 배를 타기 시작하면 선원들 밥해 주는 화장부터 시작한다. 4, 5명의 선원들을 위해 하루 삼시 세끼를 해 준다는 것은 그리 쉬운 일이 아니었다. 반 평도 못 되는 좁은 공간에서 장작에 불을 피워 밥을 해야 하는데, 바람 불고 비 오는 날에는 불이 잘 피워지지 않아 연기 때문에 눈물에 콧물까지 많이도 흘렸다. 배가 너무 흔들려 내 몸 하나 가누기 힘든 상황이지만 선원들의 끼니는 꼭 해 줘야 했다. 그럴 땐 어쩌다보면 (바람 불어 파도 치면) 밥이 설익어서 설컹거리면 밥이 설었다고 욕하는 놈, 쥐어박는 놈, 별별 사람들이 다 있었다. 선원들은 작업이 끝나면 육지에 내려가 구경도 다니고 낮잠도 자고 하는데, 나는 밥을 해 줘야 하기 때문에 배에서 꼼짝 못하고 배를 지키면서 식사 준비를 해야만 했다.

그러한 생활을 2년 정도 하다가 열여덟 살 먹던 해 겨울에 부산으로 내려가 어선들이 잡아놓은 고기를 실어 나르는 운반선을 타기 시작했다.

개야도에 놀러 온 진실의 힘 선생들과 배 타고 고기 잡으러 나간 날. 2012년 6월 3일.

# 남포동 거리의 네온사인

새우젓 실어 나르는 일은 음력 10월 말경 끝난다. 그리고는
며칠 쉬지도 못하고 부산으로 내려간다. 부산 부두에서 두세
시간쯤 배를 타고 바다로 나가, 어선들이 잡아 놓은 고기를
받아 부산으로 실어 나르는 운반선 일을 하며 겨울 한 해를
보냈다. 부산 영도다리가 하루에 두 번씩 열렸다 닫혔다
할 때였다.

영도다리가 열릴 시간이 되면, 구경 나온 사람들과 번쩍번쩍
빛나는 커다란 오토바이를 탄 교통경찰관들과 영도다리를
건너갈 차량들과 사람들이 북새통을 이뤘다. 그 거대한 다리가
끄떡거리며 열리는 것을 처음 볼 때는 정말로 대단하다는
생각이 들었다. 내가 탄 배는 작은 배라서 영도다리가 열리지
않아도 다리 밑으로 다닐 수 있었기 때문에 아무 때나
부산항을 드나들 수 있었다.

우리가 출항할 때나 입항할 때는, 부산항 입구에 해경
바지선이 떠 있었는데 꼭 그 바지선에 들러야만 입출항을 할
수 있었다. 출항할 때 출항신고를 하러 가면 우리는 한시가
바쁜데, 해경은 괜스레 시간을 끌면서 이것이 잘못됐네,
저것이 잘못됐네 하면서 출항증을 내주지 않으니 어쩌겠는가?

돈 몇 푼 쥐여 주어야 출항증을 내줬다. 그래서 출항할 때는 배 서류 봉투에 미리 돈을 넣어 주었다. 그래야 빨리 보내주니까.

부산항에 고기를 싣고 들어올 때도 입항신고를 해야 하는데, 해경이 고기를 싣고 들어오는 배를 그냥 들여보낼 리 있겠는가? 무슨 고기가 됐든 한 상자씩 바쳐야 보내주는 거였다. 그때는 겨울철이라서 고기 값이 아주 좋았다. 손바닥만 한 병어 한 마리를 부산항 부두에서 껌팔이, 담배 파는 아이들에게 주면 아리랑 담배 두 갑씩 바꿔줬다. 그때는 양담배가 아니면 우리 담배로는 아리랑 담배가 제일 좋았다. 그 해경 바지선에는 해경들이 출퇴근하는 조그마한 연락선이 있었는데 퇴근할 때면 한 배씩 뺏은 고기 상자를 연락선에 가득 싣고 퇴근을 하는 것이다. 그러니 그들이 벌어들인 돈이 얼마나 많았겠나?

나는 열일곱 살 먹을 때까지 서울 구경은 그만두고 어지간한 대도시도 한번 가보지 못하고 바다 생활만 했다. 그런 내가 처음보는 부산의 야경은 (나 같은 촌놈이 볼 때는) 정말로 환상적이었다. 남포동 거리의 네온사인 불빛을 구경하며 걸을 때는 꿈에서도 보지 못한 으리으리한 꽃밭 사이를 걷는

느낌이었다. 그러한 시간은 잠시뿐이고 금세 배로 돌아와야
했다. 반찬 만들고 밥할 준비를 다해 놓아야, 새벽에 일어나서
밥해 먹고 바다에 나갈 수 있었다.

캄캄한 새벽에 부산항을 출발하여 작업장에 도착하면 날이
새기 시작하는데, 그때부터 생선을 옮겨 싣기 시작했다.
12시쯤 바다에서 출발, 부산항에 돌아와 수협에서 경매를
끝내고 영도에 배를 정박하고 저녁밥을 해 주고 나면 나의
하루 일과는 끝. 해질 무렵부터는 자유 시간이 되는 것이다.

객지에 나와 오랜 시간을 지내다 보니 가족들 보고 싶은
생각이 왜 없겠는가? 그때는 우리같이 객지에 나와 배를
타는 선원들의 집에는 전화가 있을 리도 없고, 주소가
없으니 편지도 할 수 없이 한 해 겨울을 보내는 것이다.
그러니 선원들은 술집을 찾게 된다. 나도 그때부터 선배들을
따라다녔다.

부산에서 한 해 겨울을 보내고 그 다음해 1월 말경 고향인
개야도에 돌아왔다. 3개월 넘도록 소식 한 번 듣지도 못하고
사시던 우리 어머니는 나를 끌어안고 눈물을 흘리시며 그렇게

기뻐하셨다. 어머니의 그 얼굴이 지금도 내 눈 앞에 훤히
보인다.

개야도에 돌아와 한 달 남짓 쉬고는 3월 초순부터 조기잡이
장사를 하기 위해 또 바다 생활을 시작했다. 바다에 나갈
사리 때가 돌아오면, 바다에서 먹고 마실 식고미(바다에서
사용할 식량이나 여러 물품), 15일 정도 운전할 기름, 그리고
잡은 고기가 썩지 않게 소금에 절여야 했으니까 소금도 수십
가마를 배에 실어야 했다. 어선에 얼음을 싣고 바다에 나간다는
것은 생각조차 못했을 때니까. 엔진 시동을 해놓고 용왕님께
고사를 지낸 뒤 뒤풀이를 하는데, 돼지머리 아니면 소머리,
과일부터 떡까지 푸짐하게 차려 놓았던 음식을 갑판에 모여
앉아 걸쭉하게 먹고 마셨다. 한잔한 다음 잠을 자거나 키를 잡고
운전을 하며 고기 잡을 현장으로 항해를 하며 나갔다.

지나가는 섬을 순서대로 말하면 군산항을 출발하여 비웅도,
오식도를 거쳐 고군산 군도를 지나 위도, 왕등도를 거쳐 안마도,
석만도를 거쳐 칠팔도(칠발도) 밖으로 항해를 한다. 배가
칠산바다에 도착하면 작업을 시작한다. 하루 24시간 동안
네 번 투망(그물을 바다에 던지는 것)과 양망(던져 놓은 그물을 건져

35

올리는 것)을 한다. 썰물과 들물(밀물)이 하루에 두 번씩이니까
여섯 시간마다 한 번씩 작업을 하는 것이다.

소흑산도(가거도) 근방에서부터 잡히는 조기는 수온을 따라
북쪽으로 이동하는데, 어선들도 조기를 따라 이동하다 보면
흑산도나 홍도까지 올라온다. 가거도나 홍도 바다에서 잡아
놓은 조기를 사서 소금에 절여 놓고, 또 사서 계속 소금에 절여
넣다 보면 조기가 배창(고기를 넣어두는 창고) 안에 가득 찬다.
그러면 흑산도에서 가까운 목포나 마산 같은 포구에 들어가
팔고 다시 바다에 나와 조기를 사서 절이는 것이다.

고기가 많이 잡히면 잠잘 시간도 없이 작업을 해야 하니
고기를 손질하다 꾸벅꾸벅 조는 것은 예삿일이었다. 고기가
너무 많이 잡힐 때는 제발 조금만 잡히기를 기대하는
선원들도 있었다. 갈치를 잡으면 창자에는 잡아먹은 고기가
한가득 들어 있었다. 갈치를 소금에 절이려면 배를 갈라
창자에 들어있는 고기를 일일이 빼내고서 간을 해야 했다.
얼마나 힘이 드는지는 직접 해보지 않은 사람들은 모를
것이다.

개야도에 놀러 온 강용주 이사와 진실의 힘 식구들. 2011년 10월 3월.

# 흑산도 아가씨들

흑산도 이야기가 나왔으니 그 이야기를 조금 써 보기로 하자.
내가 흑산도를 다닌 것은 60년대 초반부터였다. 내가 알기로
흑산도의 파수(장사)가 한창일 때는 1960년대부터 1990년
즈음까지로 알고 있다. 왜냐하면 내가 안강망(긴 주머니 모양의
통그물. 물살이 빠른 곳에 닻을 고정시켜 놓고 고기를 잡는 방법)
어선 기관장을 할 때만 해도 흑산도에서 술장사하는 집마다
아가씨들이 보통 5, 6명씩 있었기 때문이다. 1988년에 김
양식을 하려고 개야도에 돌아올 때까지 그랬던 것 같다.

흑산도에 가면 가끔씩 술집에서 술을 마시며 아가씨들과
이야기를 나눴는데, 그 사연이 기가 막힌 것이 너무나도
많았다. 어떤 이는 사기를 당했거나 집안 형편 때문에
흑산도로 팔려와 오도 가도 못한다고 했다.

집안 형편 때문에 팔려온 한 아가씨의 사연을 적어보자.
고향은 전라남도 순천인 20대의 이 아가씨. 아버지는
술주정뱅이로 장돌뱅이로 돌아다니다가 사망했고, 스물한 살
먹은 이 아가씨 밑으로 동생이 세 명이나 있다고 했다. 그래서
그 동생들을 먹여 살리기 위해 어머니와 아가씨는 날마다
남의 집 일을 해주고 품삯을 받아먹고 사는 형편이었다.

그러던 어느 날, 아버지의 친구라는 사람이 찾아와 두 모녀가 죽어라 남의 집 일만 해서는 형편이 나아질 수 없다며, 아가씨한테 하는 말이 흑산도라는 섬에 들어가 미역 뜯어 말리고 어부들이 잡아온 고기를 말리는 일을 1년만 하고 나오면 조그마한 가게를 하나 얻을 수 있는 돈을 벌 수 있다고 했단다. 그래서 돈 30만 원을 선급으로 받고 흑산도에 들어왔는데, 와보니 아버지 친구의 말은 모두가 거짓말이었고, 주인집이라고 들어온 곳은 지금 이집, 술 파는 곳이었다고 했다. 그때서야 아가씨는 속았다는 것을 알고 육지로 나오려고 애걸복걸을 다해봤으나, 주인이 하는 말은 선급금만 이 자리에서 내놓으면 가도 된다고 하더라는 것이다.

그렇게 속아 흑산도에 들어와 살게 된 것이 2년이 다 되어 간다고 했다. 2년이 다 되도록 술장사를 했으나 30만 원 쓴 빚은 하나도 갚지 못한 형편이라고 했다. 왜냐하면 월급은 몇 푼 주지도 않으면서, 좋은 옷에 좋은 화장품을 사다 주고 그 돈은 월급에서 제해 버리면 자기한테 떨어지는 돈이 어떨 때는 마이너스가 되는 달도 허다하다고 했다. 그러한 생활에 지쳐 여러 차례 도망치려고 시도해 봤지만 감시가 너무나

철저해서 도망갈 수가 없다고 했다. 어느 날은 도망가려고
아무도 몰래 육지로 나가는 여객선에 숨어 있다가 파출소
순경한테 걸려 주인한테 뒈지게(죽도록) 두들겨 맞기도 했다는
것이다.

그것뿐이겠는가. 겨울철이 되면 자는 방에 불을 때야만
따뜻하게 잘 수 있는데 주인은 나 몰라라 했단다. 그래서
손님이 없을 때는 아가씨들이 지게와 가마니를 짊어지고 산에
올라가 나무를 해다가 저장해 놓는 것이 겨울철 일과라고
했다. 그렇게 흑산도로 팔려간 아가씨들은 오도 가도 못하고
살다 보면 '흑산도 아가씨'가 되는 것이다.

자, 그럼 흑산도 사연은 이만 줄이고 북상하는 조기를 따라
가보기로 하자. 우리는 흑산도나 홍도의 조기잡이가 끝나면
북상하는 조기를 따라 올라가다 보면 연평도 바다에 도착하게
된다. 4월 중순쯤 될 것이다. 연평도에 도착하면 조기를
잡으려고 전국에서 모여든 배들이 수도 없이 많다. 상고선을
탄 우리는 조기를 사려고 조기잡이 배를 찾기 위해 온 바다를
돌아다니다가 오색 깃발을 달아 놓은 어선을 발견하면 재빨리
쫓아간다. 조금만 늦으면 다른 배한테 뺏길 수 있기 때문이다.

어선에 오색 깃발을 달아 놓는 이유는 '우리 배에 조기가
있으니 사가라'는 신호다. 어선에 모야(두 배가 떨어지지 않게
밧줄로 묶어 놓는 것을 말한다)를 해 놓으면 선장이 어선에
올라가 흥정을 하는 것이다. 흥정이 성사되면 조기 수를 세기
시작한다. 선원들은 갈고리를 들고 조기 수를 세는데, 우리
상고선 선원들은 조기 한 마리나 빼먹지 않는지 똑똑히 서서
지켜봐야 한다.

그렇게 조기를 사서 소금에 절여 배창이 가득 차면
연평도에서 가까운 인천항에 가서 조기를 팔고 다시 바다로
나온다.

내가 연평도 다닐 때는 봄이면 안개가 너무나도 자주 꼈다.
선장이 앞을 보지 못할 정도로 안개가 많이 끼면 선원들은 2인
1조로 선수에 올라가 앞에 장애물이 다가오지 않는지 보고
있어야 했다. 지금이야 어선마다 다들 프로타에 어탐기에
레이다까지 탑재되어 있어 안개가 많이 껴도 선장 혼자서 다
할 수 있지만, 옛날에는 미군부대에서 나온 손목시계보다 조금
큰 컴퍼스 하나만 보고 그 안개 속에서 항해를 하고 다녔다.
그때 선장들은 대단한 분들이라고 생각한다.

# 엎어진 배, 서조호에서 살아난 기억

그러던 어느 날, 갑자기 내 몸에 이상한 일이 생겼다. 고환
한쪽이 부어오르며 당기고 아파오는 것이다. 바다에 나가 있을
때 갑자기 생긴 일이라 당장 죽을 병이 아니면 육지에 돌아올
수가 없었다. 그래서 10일이 넘도록 아파도 참아가며 작업을
해야 했다. 10일이 지나 사리 때가 지나고 조금 때(바닷물이 덜
빠지고 덜 들어왔을 때)가 되어서 육지에 도착했다. 가족들과
상의하여 서울 대원고등학교 교사였던 외삼촌의 주선으로
서울 세브란스 병원에서 검사하기로 했다.

서울로 가려고 어머니와 함께 개야도 선착장에 나가보니
군산을 왕래하는 나룻배를 타기 위해 사람들이 많이 나와
있었다. 그때는 섬에서 군산을 왕래하는 〈서조호〉라는
나룻배가 있었는데, 5톤 정도 되는 목선이었다.

그날은 바람 한 점 없는 잔잔한 날씨였다. 날씨가 좋아
그랬는지 그날따라 군산으로 나갈 사람들이 너무 많았다.
"이 사람들을 다 실으면 안 된다"고 다들 걱정했는데, 나룻배
선주는 한 사람이라도 더 실어야 돈을 더 벌기 때문에 바다가
잔잔하여 괜찮다고 5톤 정도 밖에 안되는 배에 70명이 넘는
사람을 모두 태웠다. 섬을 출발하여 군산으로 가는데, 내가

생각해도 너무나 위험했다. 배가 기우뚱할 때면 많은 사람들이 놀라서 "어머, 어머!", "아구, 아구!"하며 소리를 치는 것이다.

그렇게 위험한 항해를 하다가 아니나 다를까 장항 제련소 부근을 항해하던 배가 기우뚱하더니 갑오징어 실어 놓은 드럼통이 한쪽으로 밀리면서 배가 홀랑 뒤집어지고 말았다. 나는 배가 뒤집어지기 전부터 위험을 감지하고 어머니 옆에 꼼짝 않고 앉아 있었다. 그런데 배가 엎어지는 순간, 어머니를 놓치고 말았다. 엎어진 배 밑에서 헤엄쳐 나와 보니, 어머니가 보이지 않는 것이다. 엎어진 배 옆으로는 물 속에서 허우적거리며 살려 달라고 소리치는 사람들이 보였다.

나는 허우적거리는 사람들한테 잡히지 않으려고 이리저리 피해 다니며 어머니를 찾아야 했다. 물속에 빠져 수영을 못하는 사람한테 잡히면 둘 다 죽고 만다. 왜냐하면 수영을 못하는 사람은 물속에서 손에 잡히는 것이 있으면 무조건 끌어안고 놓아주지 않으니 같이 죽고 마는 것이다.

그런 상황에서 나는 어머니를 찾기 위해 눈을 번뜩이고 있는데, 그 순간 엎어진 배 밑에서 어머니가 물 위로 불끈

솟구치는 것이 보였다. 아무런 생각할 새도 없이 어머니를
껴안았다. 그런데 어머니는 나를 알아보지 못하고 내 목과 팔
한쪽을 잡고 놓칠 않으시는 것이다. 나는 물속으로 가라앉지
않으려고 양 발로 수영을 하면서 잡히지 않은 한쪽 팔로
어머니를 사정없이 꼬집어 뜯으면서 소리쳤다.

"어머니 봉택입니다. 이러시면 둘 다 죽습니다!"

그런데 이게 웬일인가? 우리 어머니가 나를 알아보는 것이다.
"어머니! 나를 이렇게 꼭 잡으면 다 죽어요!" 어머니를
설득하며 간신히 엎어져서 바닥만 나와 있는 배 위로
올라왔다. 엎어진 배 위에는 우리보다 먼저 올라와 있는
사람들이 많이 있었다.

어머니 손을 꼭 잡고 구조선이 오기만을 기다리고 있는데,
우리가 탄 배 옆으로 두세 살쯤 돼 보이는 아기가 뽀글뽀글
버큼(거품)을 내며 떠내려 가고 있는 것이 보였다. 나는
순간적으로 저 아기가 아직 죽지 않았다는 것을 알고 흠뻑
젖은 옷을 벗어 어머니 옆에 놓고 물속으로 뛰어 들려고 했다.
그런데 그 순간, 엎어져 있던 배가 다시 일어났다. 배 바닥에

너무나 많은 사람들이 올라타니까 그 무게를 이기지 못하고 다시 일어난 거다. 그 순간 그 아기가 문제겠는가. 어머니 옷과 손을 단단히 잡고 다시 물속으로 빠졌다. 다행히도 우리 모자가 함께 죽지 않으려고 그랬던지, 어머니가 정신을 잃지 않고 내 말대로 따라주어 다시 일어난 배로 올라왔다. 나는 아기 구하려고 옷까지 홀랑 벗어 버려 겉옷은 다 잃어버리고 팬티와 런닝만 입고 앉아 구조선을 기다렸다.

얼마를 기다리는데 고기 잡으러 나온 배들이 와서 우리를 구해주었다. 지금도 70여 명이 한꺼번에 물에 빠져 살려달라고 아우성치며 몸부림치던 것이 눈에 선하다.

그날 사망한 사람은 내가 건지려다 못 건지고만 아기까지 열세 명이나 됐다. 우리 어머니는 그날 이후 후유증으로 4~5일 병원에 계시다가 퇴원하셨다. 나를 데리고 서울에 가기 위해 일찍 퇴원하신 것이다.

나는 그때 처음으로 서울이라는 곳을 갔다. 세브란스 병원에서 검사를 한 결과 내 병명은 결핵성 부고환염이라는 병이었다. 나는 또다시 배를 탔고, 2년 넘게 결핵약을 먹어야 했다.

# 첫사랑, 펜팔

부산에서 한 해 겨울을 보내고 개야도에 돌아왔는데,
그때부터 나는 연애생활을 시작하게 됐다. 내 나이는
18세였고, 첫사랑을 만났다. 그때는 그녀의 모든 것이 귀엽고
예뻐만 보일 때가 아니겠는가?

그러나 배를 타고 나가면 12~13일은 바다에서 지내야 하고,
육지에 돌아와도 2~3일 있다가 또 바다에 나가야 하니까
그 아쉬움이란 말할 수 없었다. 내가 바다에 나가는 날이면,
남들이 알까 쉬쉬하면서 선착장에 나와 손을 흔들어 주던
연인, 정말 예쁘고 귀여운 여인이었다. 그렇게 시간을 보내다
보니, 양가 부모님들도, 동네 주민들도 모두 알게 되었다.
한 3년 가까이 자연스럽게 서로 왕래하며 지냈다. 선배들은
스무 살도 안 된 놈이 그런다고 꿀밤을 주면서도 많이
부러워도 했다. 그 세월은 아쉬움과 즐거움을 만끽할 수 있는
나날들이었다.

그렇게 지내고 있을 때 섬에서는 이상한 소문이 떠돌기
시작했다. 내가 고환이 잘못되어 장가를 들어도 아기를 낳지
못한다는 소문이었다. 그 소문을 그녀의 집에서 모를 리
있겠는가? 그때부터 어머니, 아버지하고 한 가족처럼 지내던

46

그녀의 가족들이 나를 멀리하기 시작했다. 나는 그 가족들을
만나 그렇게 심각한 문제가 아니라는 것을 설득했지만 그들은
내 말을 인정하지 않았다. 바다에 나가 12~13일 있다가,
육지에 돌아와 2~3일 지내다 또 바다에 나가야 하니 사실상
설득할 시간도 없었다. 그러던 사이 그녀의 집에서는 자기
딸이 나를 만나지 못하도록, 내가 개야도에 돌아올 즈음이면
그녀를 육지로 내보냈다. 그래도 우리가 만나고 다니니 끝내는
서울로 보내버렸다. 그녀 역시 식구들의 설득과 멀리 떨어져
만나지 못하게 되면서 날 떠나 버렸다.

그 후로 나는 타락의 인생길로 접어들었다. 내 고향에서 될
수 있는 한 먼 곳으로 갔다. 부산, 마산, 삼천포, 고흥, 목포 등
항구도시를 찾아갔는데, 그래야 선원생활을 할 수 있으니까
그런 데를 찾아다닌 것이다. 10여 일이 넘게 바다에 나가
죽도록 일해서 번 돈을, 육지에서 2~3일 만에 써버렸다.
나와 같이 배를 타던 어르신들은 "자네는 돈도 잘 버는데
저금이라는 것을 좀 알고 살라"고 조언도 해주면서 "육지에서
2~3일 만에 쌀 몇 가마니 값을 날리냐"고 나무라기도 했다.
그러면 나는 그 사람들에게 내 돈 쓰는데 당신들이 무슨

시비냐고 따지기도 했다.

그런 생활을 하며 1년이 훨씬 넘도록 떠돌아다니다가 어떤 가게에서 주간지를 한 권 샀는데 그 잡지에 펜팔코너가 있었다. 거기 나온 주소로 열심히 편지를 썼는데, 어느 날 내 마음에 쏙 든 편지 답장이 하나 왔다. 인천에 사는 아가씨였다. 그래서 바로 답장을 써 보냈다. 바다에 갔다 돌아와보니 그 여자한테서 또 편지가 와 있었다. 그래서 한 달에 두 번 정도 편지를 주고받는 사이가 됐다. 그렇게 3개월이 넘도록 펜팔을 했는데, 어느 날 여자에게서 인천에 다녀가라는 내용의 편지가 왔다. 당장이라도 가고 싶은 마음이야 굴뚝 같았으나, 남의 어선을 타는 나로서는 목포에서 인천을 갔다 온다는 것이 쉬운 일이 아니었다. 나는 너무 바빠서 빨리 갈 수는 없으나 꼭 한 번 찾아 간다는 약속을 편지로 보냈다.

그러다 어느 사리 때 일주일도 못돼 고기를 만선 잡아 목포에 입항했다. 빨리 입항하니, 육지에서 일주일 넘는 시간을 보낼 기회가 찾아온 것이다. 때는 이때다 싶어, 퇴근 시간에 맞추어 그 여자의 하숙 집으로 전화를 걸었다. 따르릉 따르릉~ 한참

신호가 가더니, 주인 집에서 여보시오 하는 남자의 목소리가 들렸다. 그래서 나는 "여기는 목포 사는 임봉택"이라고 말했더니 "어, 강양과 펜팔하는 사람이구만" 하며 강양을 부르는 소리가 들렸다. 조금 있으니 여보세요 하면서 그 여자의 목소리가 들렸다. "저 임봉택입니다" 했더니, 그 여자는 오래 사귀어 온 사람처럼 "봉택씨가 지금 육지에 있을 때가 아닌데 어떻게 이렇게 전화를 하셨냐"고 물었다. 나는 고기를 많이 잡아 빨리 육지에 왔다고 이야기하고, 내일 오후에 인천에서 만나자는 약속을 했다. 그 이튿날 아침 일찍 목포를 출발, 군산에 들러 어머니와 점심을 먹고 용돈도 넉넉하게 드리고, 군산에서 나룻배를 타고 장항에 건너가 서울행 완행열차에 몸을 실었다. 그리고 인천으로 갔다.

강양 하숙집 바로 옆에 있는 여관방을 잡아 놓고 기다렸다. 8시 30분쯤 됐는데, 노크 소리가 났다. 몇 개월간 편지로만 연락하고 지내서 얼굴은 처음보는 순간이었다. 정말 내 가슴은 설레고 있었다. 침대에서 벌떡 일어나 문을 열었다. 그 여자였다. 청바지와 청자켓을 입은, 굉장히 야윈 사람이었다. 그래선지 정말 어려 보였다. 나는 밖으로 나와 그 여자와

악수를 하면서 첫 대화를 나누게 됐다. 그 여자가 하자는
대로 산책로를 걸으며 이야기를 나눴다. 우리는 처음 상면한
사람들인데도 오래전에 만난 사람같이 전혀 어색함이 없었다.
아마도 펜팔을 오래도록 해서 그랬을 것이다. 한 시간이
넘도록 데이트를 즐기다가 식당에 들어가 맛있는 식사를 한
뒤 내일 아침 일찍 만나자며 악수를 청하고 돌아섰다.

이튿날 아침 일찍, 그녀가 찾아왔다. 식사를 하고 이곳저곳을
구경하며 돌아다녔는데, 그 바짝 마른 여자가 운동을 하러
가자는 것이다. 당구를 치자는 것이었다. 나는 지금까지 당구
큐도 못 만져본 사람이라고 하니까 그럼 볼링은 어떠냐고
물었다. TV에서나 구경했을 뿐이라고 말했더니 "안 해봤다고
안 하면 생전 못한다"며 볼링장으로 가자 했다. 볼링장에
들어가 먼저 내게 맞는 운동화를 신었다. 팔심만 세면 되는 줄
알았는데, 쉬운 것이 아니었다. 이 공이 내 마음대로 가지 않고
옆으로 빠져나가 창피해서 그만 두었다. 그 여자가 던진 공이
스트라이크가 되면, 뒤에서 박수를 쳐 주는 것이 예의라는데,
이 촌놈이 그걸 알았겠는가?

운동을 끝내고 점심 먹은 다음 헤어졌다. 나를 서울역까지

바래다주고 목포행 기차표까지 끊어주었다. 그녀와 작별 인사를 하고 목포행 완행열차에 몸을 실었다. 한참 뒤에 그녀한테서 편지 한 통이 왔다. 인천 자유공원 맥아더 장군 동상 앞에서 찍은 사진이 들어 있었다.

"봉택 씨 우리는 서로 만나지 말고 펜팔로만 지냈어야 할 운명이었던 것 같습니다. 서운하게 생각하지 마시고 우리들의 펜팔 인연을 이것으로 끝냈으면 합니다"

내가 그녀를 너무나 소홀히 대한 건가 생각해 봤는데 그렇지는 않은 것 같고, 혹시나 무슨 오해를 했는지는 나로서는 알 수 없는 일이었다. 그래서 나는 구구절절 써서 답장을 보냈지만 그 이후로는 아무런 답장이 없었다. 그래도 서운해서 다시 편지를 보내 봤지만 영영 답장은 오지 않았다.

# 연평도 조기잡이

그렇게 객지로 떠돌다가 군산으로 올라와서 다시 안강망 어선 대영호에 승선하여 바다 생활을 시작했다.

안강망 어선의 조기잡이는 음력 3월부터 시작한다.
소흑산도(가거도)에서 북상하는 조기를 따라 대흑산도, 홍도를 거쳐 안마도, 왕등도, 12동파도를 거쳐 염선 바다(어청도와 연도 근해)로 오면, 그곳에서 한 사리(15일) 정도 작업하다가 다시 조기를 따라 연평도 쪽으로 북상하며 작업을 한다. 재수가 좋아 염선 바다에서 조기를 많이 잡으면 군산항에 들어가 판매를 하고, 바다로 나오는 길목에 있는 개야도에 들어가 하루 아니면 이틀을 보낼 수 있었다.

다시 바다로 항해하여 조기를 따라서 북상하다 보면 연평도에 도착한다. 연평도 군부대에 들어가 작업한다고 신고를 하면 허가장과 깃발 하나씩을 주는데 깃발을 제일 잘 보이는 높은 곳에 달아 놓아야 한다. 어떤 때는 허가장 받는 시간이 하루 이틀을 넘길 때도 있다. 왜냐하면 전국에서 조기를 잡기 위해 유자망(배와 함께 떠다니는 그물로 고기를 잡는 배)에서 안강망까지 모두가 연평도로 집결하기 때문이다. 허가를 받으면 즉시 바다에 나와 작업을 시작하는데, 이 바다는 간조나 만조가

심하기 때문에 조금, 사리 구분 없이 작업을 했다.

연평도는 음력 3, 4월이 되면 하루가 멀다고 안개가 끼기
때문에 선장들은 애로점이 매우 많았다. 프로타나 레이다가
있는 것도 아니고, 캄캄한 안개 속을 군부대에서 나온
안경알만 한 나침반 하나 가지고 항해를 하다 보니 얼마나
위험한 작업이겠는가?

선장이 조금만 실수하면 바로 앞이 북한이니까 자칫 잘못하면
'월북'하게 되는 것이다. 서해 어로 저지선이 있다고 하지만,
어민들은 어디서 어디까지가 공해상인지 알 수가 없다.
어로 저지선에 부표를 띄어 놓은 것도 아니니 어민들은 알
수가 없는 것이다. 지금 연평도 어로 저지선을 어떻게 하고
있는지는 몰라도, 내가 연평도 조기잡이 다닐 때는 그러했다.
어쩌다 안개통에 공해상에 들어가 작업을 하다가 해군함정에
적발되면 선장은 함정에 끌려가 뒈지게 맞고 올 때도 있었다.
그러나 북쪽으로 더 올라가면 조기가 많이 잡히기 때문에
선장은 위험을 무릅쓰고 조금 더 올라가 작업을 하는 것이다.

연평도에서 4월 보름 사리에 야간 작업을 하는데, 투망한

어장 하나가 그물이 찢어지는 사고가 났다. 어장을 뽑아 싣고
다른 어장에 가서 양망(그물을 걷어올림)을 해보니 조기는
잡히지 않았고, 꽃게와 삼치, 광어, 홍어 같은 것만 잔뜩 있었다.
선원들은 고기도 잡고, 잡은 고기에 바로 소금을 쳐서 간도
해야 하고, 또 그걸 배창에 갖다 나르기도 하며 많은 일을 했기
때문에 매우 힘들었다. 홍어, 광어, 삼치, 아구, 꽃게 같은 고기는
고기로 보지도 않고 바다에 버렸고, 어쩌다 그 속에서도 햇볕에
말릴 수 있는 조그마한 홍어 새끼 몇 마리 골라 놓고 큰 홍어를
비롯한 모든 고기는 바다 속에 버리는 게 일쑤였다.

그날도 밤새도록 작업을 하다 보니 날이 훤하게 밝아오는데,
선장이 투망을 하자고 해서 그물을 바다에 펴기 시작했다.
그때 느닷없이 총소리가 나기 시작했다. 따다다다! 아마도
따발총 소리 같았다. 선장이 "저 놈들이 우리 배들이 북쪽으로
올라오지 못하게 겁을 주는 것 같다"고 말하는데, 우리 그물
위로 총탄이 떨어지는 것이다. 그걸 본 유모 씨가 말했다. 군대
갔다 온 사람이었다. "선장님 이것은 공포탄이 아닙니다. 빨리
어장을 버리고 도망가야 합니다."

내가 봐도, 우리 그물 위로 떨어지는 것이 보였다. 물이 팍팍

솟구치고 있었다. 그때서야 선원들은 놀라서 허겁지겁 어장을 바다에 버리고 도망치기 시작했다. 우리뿐 아니라 작업하고 있던 수많은 배들도 놀라서 도망치기 시작했다. 북쪽에서는 경비정이 총을 쏘며 쫓아오니까 우리는 연평도 쪽으로 도망쳤다. 선원들은 총에 맞지 않으려고 기관실 앞에 모두 쪼그리고 앉아 있고, 선장은 혼자서 키 옆의 나무기둥에 기대어 운전을 했다. 한 10~15분쯤 항해를 하다 보니 총소리가 더 이상 들리지 않았다.

그런데 선원 신 씨가 선수 돛대 앞에 엎드려서 일어나지 않는 것이다. 총에 맞지 않으려고 엎드려 있는 줄만 알았는데, 총소리가 멎은 지 한참이나 지났는데도 일어나지 않아 내가 가서 "신 부장 이제 일어나도 됩니다" 하고 흔들어 봐도 아무 반응이 없었다. 머리를 들어 일으켜 보니 이게 웬일인가? 눈은 뜨고 있는데 검은 동자는 안보이고 흰 눈동자만 보이는 것이다. 콧구멍에서는 멀건 콧물이 흐르고 있었다. 나도 모르게 "아이구 사람이 죽었습니다" 하고 소리를 쳤다. 그러자 선원들이 깜짝 놀라 이 사람을 들어다가 선장실에 눕혀 놓았는데 어쩌다가 한 번씩 숨을 쉬는 것 같았다.

# 총맞은 신 부장

사람이 총에 맞아 쓰러졌으니 진료를 받기 위해 한시라도
빨리 연평에 들어가려고 항해를 하는데, 저 멀리 소연평도
쪽에서 산더미 같은 해군 함정이 전속력으로 올라오고 있었다.
선장이 그 함정을 보고 우리가 연평도까지 갈 동안에 신
부장이 죽을 수 있으니 저 함대로 가는 것이 빠를 것 같다고
했다. 우리는 뱃머리를 함대 쪽으로 돌렸다. 함대가 금세 우리
배 옆까지 도착했다. 우리들은 윗도리 갑바(물이 들어오지 않게
입는 비닐 옷)를 벗어 흔들면서 "사람이 총에 맞아 쓰러졌다!"고
소리쳤다. 함대에서는 앰프에 대고 "어선! 빨리 남으로
내려가라"고 방송하며 우리 배를 지나쳐 북쪽으로 올라갔다.
우리 배는 선원들이 전부 갑바를 흔들며 함대를 따라갔다.
함대가 속력을 줄이며 "어선, 용건이 뭐냐?"고 물었다. 우리는
함대 옆으로 바짝 들이대고 "사람이 총에 맞아 쓰러졌다!"고
소리쳤다. 그 말을 들은 함대는 우리 배를 함대 옆으로
바짝 붙이라고 했다. 함대 옆으로 바짝 붙이니 산더미 같은
함대에서 줄 사다리가 내려왔다. 그 줄 사다리를 타고 두 명의
군인들이 가방을 하나씩 메고 우리 배로 내려왔다. 신 부장의
눈동자를 까보고 맥박을 재더니 "총탄이 오른쪽 귀 뒤로
들어가 왼쪽 귀 위로 관통했다"면서 양쪽 상처에 압박붕대를

대고 단단히 묶으며, "이 사람은 8~90%는 죽을 것 같다"고
했다. 선장이 물었다. "가끔씩 숨을 쉬고 있는데 왜 죽는다고
하느냐?" 군의관은 사람이나 짐승이나 급사를 하게 되면 이런
현상이 나타난다고 했다. "소연평도 옆에 가면 엑스레이가
있는 보급선이 떠 있으니까 빨리 가서 사진을 찍어보라"고
알려주고는 사다리를 타고 함대로 올라가 버렸다.

우리는 한시가 바쁘게 보급선으로 갔다. 군의관이 와서 보더니
"이 사람은 완전히 사망했다"며 엑스레이 찍어 볼 것도 없으니
빨리 들어가라고 했다. 우리는 하는 수 없이 버리고 온 어장도
찾지 못하고, 개야도로 돌아올 수밖에 없었다.

우리들은 어젯밤 꼬박 새고 작업을 한 데다가 오늘 오후까지
밥 한 끼니 못 먹었지만, 밥해 먹자는 사람이 하나도 없었다.
왜냐하면 선장실에서 밥을 해야 하는데, 신 부장 머리가 솥을
놓은 곳에 있기 때문에 누구 하나 시신에 손을 대려고 하지
않았다. 그래서 할 수 없이 선장과 나 그리고 박 서방이 시신을
들어 선미 쪽에 내다 놓았다. 우리가 덮고 자는 이불
두 개를 가져다 깔고 덮어줬다. 덮은 이불 위에다 소금
가마니를 몇 곱으로 덮어줬다. 파도가 많이 치면 배 위로

물이 많이 올라오니까 물이 들어가지 않도록 해 놓았다.
그렇게 밥을 했다. 밥 먹을 때가 되니, 배고파도 생쌀만
씹고 있던 인간들이 우르르 몰려나와 밥을 퍼먹는 꼴을 보니
기가 막혔다.

연평도에서 2박 3일 만에 개야도 근해에 도착해 시신이 입고
있는 작업복을 벗기고 새 옷을 입히려고 보니, 소금 가마니와
이불에 눌려 납작코가 돼 있었다. 가족들이 보면 얼마나 더
애통하겠나 싶어 코가 일어나도록 주물러 줬다. 그때 나는
왜 그런지 몰랐지만, 다른 사람들은 시신을 만지기는커녕
보려고도 하지 않았는데, 나는 거리낌 없이 주무르고 새
옷으로 갈아 입혔다. 지금 생각해봐도 이상했다는 생각이
든다. 대영호라는 배가 우리 사촌 형네 배라서 그랬는가 하는
생각도 들지만, 그건 아닌 것도 같고 내가 어떻게 시신을
거부감 없이 만질 수 있었는지 나도 모르겠다. 그때 내 나이가
스무 살 정도 됐을 때니까 한참 젊은 혈기로 그랬을 것이라고
생각하자.

그렇게 해서 시신을 가족에게 인계하는데, 그 가족들이 선장을
폭행하고 욕하며 난리가 아니었다.

# 바람과 파도에 맡겨 놓은 내 목숨

동지나해(지금은 '동중국해'라 부른다) 갈치잡이가 시작된 것은
어선에 설치할 엔진이 외국에서 수입되기 시작하면서다.
배의 속력이 빨라지니까 예전엔 생각지도 못한 동지나해까지
나가서 작업을 하게 된 것이다. 그 전에는 큰 맘 먹고 나가봐야
소흑산도에서부터 대흑산도, 홍도 이런 섬들 부근에서
고기잡이를 했다. 그런데 차츰 고기가 많이 잡히지 않으니까
자연히 고기를 따라 동지나해까지 나가서 작업을 하게 된
것이다. 동지나해가 처음 개발되었을 때는 한 사리에 두 번씩
바다에 나가 작업을 한 적도 있었다.

홍도나 흑산도 부근에서 작업을 할 때는 한 사리에 십여
일이 넘도록 작업을 해도 재수가 좋을 때나 만선을
했는데, 동지나해만 나가면 3~4일만 작업해도 만선이
되니, 대한민국 안강망 어선이라고 생긴 것은 너나 할 것
없이 동지나해에 집결하게 되는 것이다. 지금으로 말하면
7톤에서부터 10톤 이하의 어선들, 그나마 지금은 철선 아니면
에프아르피(섬유강화플라스틱)로 지은 어선이지만 동지나해가
처음 개발됐을 때는 거의가 목선들이었다. 지금처럼
레이다, 프로타, 어탐기 같은 것은 꿈도 못 꾸던 시절에

조그마한 컴퍼스 하나만 가지고 동서남북을 찾아서 머나먼 동지나해까지 찾아가 작업을 하는 것이다.

그러다 보니 태풍이 온다거나 큰 바람이 불면, 좋은 배들은 소흑산도로 피항을 하는데, 그러지 못한 어선들은 파도에 목숨을 맡기고 동지나해를 떨어진 낙엽과 같이 떠다닐 수밖에 없는 것이다. 그러니 얼마나 많은 어부들이 희생됐는지는 내가 말하지 않아도 여러분은 아실 것이다. 동지나해 같은 곳에서 사고가 나면 거의 파도에 떠밀리다가 뒤집히거나, 바다를 떠다니다가 어선끼리 부딪쳐서 배가 부서지는 경우다. 그렇게 되면 선원들 7~8명의 목숨은 바다 속에 수장되는 것이다. 그렇다고 해서 어선마저 없어진 선주한테 보상하라는 말조차 해보지 못하고, 남편과 자식을 잃는 아내와 어머니들만 애걸 복통을 하며 고생길로 들어설 수밖에 없는 신세가 되는 것이다.

그러한 세상을 살다 보니 내 목숨은 바람과 파도에 맡겨 놓고 사는 것이다. 말하자면 내 젊음은 막걸리 사발에 빠져서 허우적거리는 파리 목숨과도 같았다. 허구한 날 술에 찌들어 비틀거렸다. 희망 같은 건 아예 없었다. 암울한 70년대, 나는

군산 대명동 아니면 금동의 선착장 포장마차에 앉아 이 썩어
문드러진 세상을 구운 오징어처럼 발기발기 찢어서 질겅질겅
씹어 삼키며 돈 없고 빽 없고 사랑도 없는 그러한 세상을
원망하면서 살아도 보았다. 이 세상을 포기하지 않고 노력하며
살다 보면 좋은 날도 오겠지 생각은 하면서도 마구잡이
생활을 하다 보니 내 마음과 뜻대로 살기가 너무나 힘들었다.

글을 쓰다 보니 너무나 빡빡한 생각이 들어 어느 책을 보다가 내 마음에
들었던 시 한 수가 생각나서 적어볼까 한다.

당신은 수렁같아, 한번 빠지면 헤어날 수 없는 수렁. 세상에 유일하게
너를 사랑하는 사람이 남아 있다면 그 사람은 나일 것이고, 세상에 너를
사랑하는 사람이 없어진다면 그땐 내가 사라지는 것이다.

빛은 해에서만 오는 것이 아니었다. 지금이라도 그대 손을 잡으면
거기에 따스한 체온이 있듯, 우리들 마음 속에 살아 있는 사랑의 빛을
나는 안다.

## 2장
# 말로는 다 할 수 없는 고통

먼저 이 글을 쓰려고 하니 마음이 착잡해진다.
그러나 내가 죽어서나 잊지, 살아서는 잊을 수 없는
끔찍한 사연들을 생각나는 대로 적어볼까 한다.

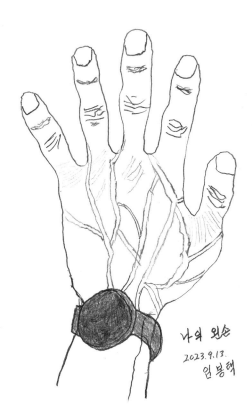

나의 왼손
2023. 9. 13.
임봉택

임봉택 선생과 박춘환, 유명록 선생은 1947년 개야도에서 태어나 함께
자란 친구들이다. 10대 초반부터 배를 타기 시작한 세 선생은 1972년 1월,
영장도 없이 군산경찰서에 끌려가 17~27일간 불법 감금된 채 모진 고문을
당했다. 공동묘지로 끌려가 구덩이에 내 던져지고, 전기고문과 모진 매질을
당한 박춘환 선생은 "1968년 6월 조업 중 북한 경비정에 납치됐을 때 북한에
포섭되었고, 귀환 후 북한을 위해 국가기밀을 탐지했다"는
허위자백을 했다.

군산경찰서는 박 선생의 친구인 유명록, 임봉택 선생을 불법으로 감금한
상태에서 거꾸로 매달아 전기고문과 물고문을 자행했고, 결국 두 선생을
국가보안법·반공법상 불고지죄로 기소했다. "박춘환으로부터 북한을
찬양하는 말을 듣고도 수사기관에 신고하지 않았다"는 것이다.

검찰 조사와 재판 과정에서 세 선생은 고문을 당해 허위로 자백했고,
간첩이 아니라고 주장했지만 검사도 판사도 들어주지 않았다.

고문으로 쥐어 짠 허위자백이 유일한 증거였지만 법원은 박춘환 선생에게
징역 7년을, 임봉택 유명록 선생에게 징역 8월을 선고했다.

모두 만기를 채우고 출소했다.(편집자 주)

# 환장해 뛰다 죽을 일, 미쳐 죽을 일!

1971년 11월 말경 서울 마포 산꼭대기에 살고 있는
사촌 누나 집에 가서 한 달 넘게 놀며 구경도 다니고,
사촌 형도 그 집에서 살았기 때문에 함께 날마다 즐거운
시간을 보냈다. 서울에서 크리스마스 날을 지냈다는 생각이
난다. 그리고 얼마를 더 있다가 군산을 오기 위해 장항선
열차를 탔다. 장항역에서 내려 군산까지 왕복하는 나룻배를
타고 군산에 건너와 사촌 형네 집에 들어서니까 형수님께서
놀라며 물어봤다.

"삼촌! 대문 밖에 낯 모르는 사람들 없어요? 며칠 전부터 우리
친척들 집에 형사들이 자주 왔다 갔다 했어요"

그래서 큰아버지한테 전화를 했더니 깜짝 놀란 목소리로
"너 꼼짝 말고, 그 집에 있으라"면서 당신이 직접 오시더니
다짜고짜 "너 박이준 씨 아들 박춘환이를 잘 아느냐"고
물으셨다. "춘환이는 산골에서 살고 나는 강변에서 살아서
별로 친하게 지내지 않는다"고 했더니, "그러면 내일 아침에
나하고 군산경찰서에 가보자"고 하시는 거다. 나는 답답해서
어떻게 내일까지 기다리냐, 지금 당장 가보겠다고 했다. 내가
방위병 할 때 군산경찰서로 자주 심부름을 다녔기 때문에,

나는 정보과 형사들을 알고 있었다. 날도 저물었는데 경찰서에 간다고 하니까 걱정되셨는지 큰아버지가 함께 나섰다.

군산경찰서 정보과에 갔더니, 내가 방위할 때 개야도를 담당하던 김동근 형사가 있었다. 반가운 마음에 "아이구~ 김 형사님, 안녕하십니까?" 하고 인사를 했더니 그가 하는 말이 "응. 네가 직접 경찰서를 찾아왔구나" 하면서 우리 큰아버지한테 "봉택이는 걱정 말고 집으로 돌아가시라"고 말했다.

큰아버지가 나가신 후 김 형사는 어디론가 전화를 했다. 그러더니 지하실에서 정보과 형사 몇 놈이 몰려왔다. 나를 보자마자 입에 담지 못할 욕설을 하더니 머리끄덩이를 잡아 흔들고, 귀를 비틀며, 이놈이 때리고 저놈이 때리는 것이다. 내가 성질이 얼마나 나겠는가? 너무나 화가 나서 의자에서 벌떡 일어나 "아이 씨팔! 무엇 때문에 이러느냐"고 소리를 쳤더니 옆에 있던 남궁길영이란 형사반장 놈이 "이런 후레아들! 맛 좀 봐라!"면서 자기가 앉았던 나무 의자를 들어 내 허리를 내리쳤다. 나는 아이구! 소리 한 번 내지도 못하고 지하실 바닥에 나뒹굴고 말았다. 일어나 보려고 애를 써

보았지만 허리가 너무 아파 일어나지 못하는 나를 보고 형사 놈들은 엄살을 부린다며 발길로 차고 방망이로 때렸다.

"박춘환이가 이북에서 책 갖고 와서 너하고 유명록이한테 하나씩 줬다는데 그 책 어따 놔뒀어?"

라고 나를 다그치는 것이다. 나는 "박춘환이가 뭔 책을 줘요?" 하며 책 받은 일이 없다고, 그 책이 무슨 책이길래 사람을 이렇게 두들겨 패느냐고 물었더니, 남궁길영은 "이 새끼가 아직 정신이 안 들었다! 정신 좀 바짝 들게 해 주라"고 했다.

그 말이 떨어지기가 무섭게 형사 놈들이 달려들어 내 옷을 벗기기 시작했다. 허리가 아파서 제대로 움직이지도 못하는 나에게 옷을 빨리 벗지 않는다고 몽둥이로 때리고 발로 차면서 입에 담지 못할 욕을 해댔다. 옷을 홀랑 벗겨 놓고 양 발목을 밧줄로 묶고 손목은 등 뒤로 꼼짝 못하게 묶더니, 발목에 묶은 줄을 양쪽 높은 사다리에 걸어 나를 거꾸로 매달았다. 거기다 얼음물 한 바가지씩 쭉쭉 끼얹었다. 두들겨 맞아 멍이 들고 퉁퉁 부은 온 몸에 얼음물이 쏟아지니, 삭신이 다 쓰리고 아플 뿐만 아니라 한기까지 들어, 말을 제대로 할 수도 없을 만큼 온 몸이 덜덜 떨리는 것이다. 차라리 몽둥이로 두들겨 맞는 것이 낫지, 얼음물 한 바가지씩 내 몸에 끼얹어지는 것은 훨씬 더 고통스러웠다. 그런 고문뿐만 아니라, 거꾸로 매달아 놓은 상태에서 발바닥을 방망이로 내리치면 두 눈에서 번개불이 번쩍번쩍하면서 그 고통이란 이 글로 어찌 다 표현하겠는가?

그러한 고문을 몇 날 며칠을 받으면서도 형사 놈들이 내 놓으라는 책을 본 적이 없으니 내 놓을 수도 없고 환장해 뛰다 죽을 일이 아니겠는가? 아~ 미쳐 죽을 일이었다.

"개야도 납북어부 간첩 조작사건"의 박춘환(오른쪽), 유명록(왼쪽)과 함께. 2010년 6월 18일
무죄 받던 날, 전주지방법원 군사지원 앞에서.

## 다 표현할 수 없는 고통

그러던 어느 날, 해 질 무렵에 고문실 문이 빠끗이 열리더니
유명록이가 얼굴만 내밀고 하는 말이 "야 봉택아~ 그 책 내가
우리 집에서 너 주었잖아" 하는 것이다. 그 말을 듣는 순간
정신이 아찔하고 온몸이 벌벌 떨리기 시작했다. 명록이한테
"야이 자식아! 언제 네가 나에게 책을 주었느냐"고 악을
썼지만, 명록이는 이미 가 버린 상태였다. 나는 책을 두 권
가진 것이 돼 버렸다. 펄쩍펄쩍 뛰다 죽을 일이었다. 그 동안은
박춘환이 때문에 내가 이렇게 당하고 있다는 생각에 춘환이가
한없이 원망스러웠는데 유명록이가 나한테 책을 주었다고
말한 순간부터는 춘환이보다 명록이가 더 밉고 원망스러웠다.
그러나 나중에 생각해보니 그 사람들도 얼마나 고문에
고통스러웠으면, 보지도 못한 책을 받았다고 하고, 또 나에게
줬다고 했을까 이해가 됐다. 나중에 재심 재판을 하면서 서로
화해했다.

형사 놈들은 유명록이가 나에게 책을 주었다고 한 그날
초저녁부터 또 고문을 하기 시작했다. "명록이가 너한테 직접
책을 줬다고 했는데 그래도 책을 안 내놓을 거냐"며 때리고
윽박지르더니 나중에는 나를 커다란 나무 의자에 앉혀 놓고

왼쪽 팔 하나만 남겨 놓고 의자에 꽁꽁 묶었다. 약 20센티미터 정도되는 파이프를 가지고 와서 왼쪽 엄지손가락에 끼워 놓고 그 파이프를 비틀기 시작했다.

얼마나 아팠으면 내가 정신을 다 잃었겠는가? 지금도 그 후유증으로 왼쪽 엄지손가락이 휘어져 있다. 그 후로도 몇 날 며칠을, 낮에는 여인숙에서 밤에는 경찰서 고문실로 끌려 다니며 말로는 다 할 수 없는 고문을 당했지만 가진 책이 없으니 내놓을 도리가 없었다. 정말로 환장하고 뛰다 죽을 일이었다.

그러던 어느 날 밤, 12시 통행금지 사이렌이 울렸는데 형사 놈들이 느닷없이 나를 끌고 경찰서 고문실로 데리고 갔다. 고문실에 들어가보니 그 안에는 기름통 반절을 잘라 놓은 것과 1미터도 넘는 쇠파이프, 물통, 포승줄까지 널려 있었다. 나는 그것들이 고문에 쓰인다는 것을 꿈에도 몰랐다.

고문실에 들어가자마자 기다리고 있던 형사반장 남궁길영이란 놈이 하는 말이 "이 개새끼야! 네가 오늘도 책을 모른다고 하나 보자!"면서 옷을 벗기기 시작하는 것이다. 옷을 빨리 벗지 않으니까 방망이로 사정없이 때리며 재촉했다.
얼마나 맞았으면 손목과 손등이 퉁퉁 부어 겨울 내복 소매가
빠지지 않았다. 형사 놈들은 칼을 갖고 와 내복 소매를 찢어
옷을 벗겼다. 그렇게 옷을 홀랑 다 벗기더니 나를 쪼그려 앉게
한 다음, 정강이 사이에 쇠파이프를 끼워 놓고 양손을 무릎
아래로 내리게 하여 손목을 꼼짝 못하게 꽁꽁 묶어 놓았다.
쇠파이프를 양쪽에서 들어 올리니까 어떻게 되겠는가?
내 머리는 밑으로 다리는 위로, 옛날에 돼지고기 장사꾼이
개야도에 와서 고기를 팔 때 근수를 달기 위해 돼지를 묶어
저울질했는데 그것과 똑같은 모습이었다. 형사 놈들은
쇠파이프를 책상 두 개에 걸쳐 놓고는, 거꾸로 된 내 머리
밑에 기름통을 갖다 놓았다. 그러면서 "너는 오늘 저녁에 책을
내놓지 않으면 죽어서 나갈 줄 알라"고 협박했다.

이 글을 쓰다 보니, 고문 받던 일을 생각하니까 사지가 떨립니다.
글을 못 쓰겠네요. 조금 쉬었다 생각해 보겠습니다.
왜 이렇게 눈물이 나는지 모르겠네요. 그 고통을 어떻게 말로
다 할 수 있겠습니까?

그런 고문을 해도 원하는 대로 안 되니까 이번에는 커다란

주전자에 얼음물을 갖다 놓고 내 얼굴 위에 축축하게 젖은
수건을 덮어 놓고는 콧구멍에 물을 붓기 시작했다. 콧구멍에
물이 들어오니 숨을 쉬지 않으려고 발버둥치다가 숨이 막히면
숨을 들이마시는데, 그때 얼굴에 덮어 놓은 젖은 수건이
콧구멍을 막아 버리는 것이다. 그런 고문을 수차례 받고 나니,
금방 질식해 죽을 것 같은데, 책을 받았어야 책을 내 놓을 것
아닌가? 그러니 미쳐서 뛰다가 죽을 일이었다.

그런 고문에도 책을 내놓지 않으니까 이번에는 옛날에
듣던 트랜지스터 라디오 같은 것을 갖다 놓고는 내 몸에다
전기선을 묶는데 어떤 형사 놈이 하는 말이 "개새끼 성기에다
묶으라"는 것이었다. 전기선 하나를 발가락에 묶어 놓고,
내 몸에 얼음물을 끼었더니, 무언가를 갖다 대는 순간 내 몸이
갈기갈기 찢어지는 고통이랄까, 막 온 삭신을 쥐어짜는
거 같은 그런 통증이 오는 것이다.

그 고통을 글로는 다 표현할 수 없습니다.
정말로 당해보지 않은 사람은 상상할 수도 없을 것입니다.

# 간첩 아니라 간첩 할애비라도 고문을 당하면

그런 고문을 견디지 못해 결국에는 내가 기절을 했나 보다.
시간이 얼마나 지났는지는 모르나 어쩌다 눈을 떠보니 내가
거꾸로 매달려 있었다. 그 순간에 나는 '내가 왜 이렇게 거꾸로
매달려 있는 것일까?' 생각을 하고 있는데, 형사 놈 하는 말이
"이 개새끼야! 이제 정신이 드냐? 오늘 책 안 내 놓으면 너는
죽어" 라는 것이다. 아, 그 말을 들으니까 '아~아. 내가
책 때문에 이러는구나' 하는 생각이 들었다. 그러나 없는 책을
어떻게 내놓겠는가? 미칠 일이었다.

나는 아무 힘이 없어 말 한마디 하기가 힘들었다. 그런 내 몸에
얼음물을 끼얹었으며, 빨리 책을 내놓지 않으면 전기고문을 또
한다면서 책을 내놓으라고 재촉을 하는 것이다. 내가 생각할
때 얼마 전에 받았던 전기고문을 또 한 번 받는다면 진짜 죽고
말 것이라는 생각뿐이었다. 그러는 순간 형사반장 남궁길영
하는 말이 "개새끼 죽여버려!" 하는 말이 들렸다. 그 말이
끝나기 무섭게 내 몸에 물을 갖다 부었다. 아, 또 전기를 갖다
댄다면 나는 죽는다는 생각이 들어 나중에야 어쨌든 "책을
내놓겠습니다"는 말을 하고 말았다.

그 말을 들은 형사 놈은 거꾸로 매달아 놓았던 쇠파이프를

빼고 손과 발을 묶었던 줄을 풀었다. 나를 의자에 앉히고
커다란 수건을 따뜻한 물에 적셔 발가벗은 내 몸을 감싸주며
하는 말이 "이 자식아! 진작에 책을 내놓는다고 했으면 이런
고문은 받지 않았을 것 아니냐"며 그 책이 지금 어디에 있냐고
물었다. 그 순간 나는 잠깐 생각했다. 만일 군산에 있다고
대답하면 금방 찾으러 가서 없으면 또 거짓말했다고 고문할
것 같았다. 이왕이면 여기서 멀리 떨어진 개야도에 있다고
해야겠다, 그렇게 꾀를 내어 "책이 개야도에 있다. 친구네
대나무 밭에 숨겨 놓았다"고 대답했다. 그랬더니 약도를
그리라며 연필과 종이를 갖다주기에 우리 집에서 언덕 위로
올라가는 곳에 있던 친구네 대밭 중간쯤에 있다고 대충
약도를 그려주었다.

그날 밤 새벽까지 그 무지한 고문을 받았으니, 몸은 제대로
움직이기가 힘들고 눈은 자꾸 감기는데, 있지도 않은 책을
개야도에 있다고 거짓말을 해 놓았으니, 책을 못 찾고
돌아오면 거짓말했다고 고문 받을 일을 생각하니, 지금 죽을
수만 있다면 당장이라도 자결하지 않으면 사람이 아니라는
생각이 들었다. 하지만 높은 곳이라도 있으면 떨어져

죽으련만, 지하실에 가두어 놓고 지키고 있으니 죽으려야 죽을
수도 없었다.

마음이 불안해서 의자에 가만히 앉아 있을 수가 없었다.
앉았다 일어났다를 계속하고 있으니 형사 놈 하는 말이,
"야 이 자식아! 가만히 앉아 있지 왜 지랄을 하냐"며 방망이로
어깻죽지를 내리쳤다. 나는 그 순간 아무것도 보이는 것이
없었다. "아, 무엇 때문에 보지도 못한 책을 내 놓으라고
고문하냐! 내가 안 죽으려고 책 갖고 있다고 거짓말했다.
안 죽으려고 거짓말해 놓고 불안해서 그런다!"고 악을 쓰며
형사 놈에게 달려들었다. 느닷없이 발작을 하며 달려드는 나를
형사 두 놈이 제압하더니 손과 발을 꽁꽁 묶었다. 그러더니
어디론가 계속 전화를 해댔다. 전화 내용은 확실히 모르지만
내가 거짓말을 했다고 연락하는 것 같았다. 아니나 다를까,
전화하고 두 시간 정도 지났을까? 개야도로 책을 찾으러 갔던
형사 놈들이 들이닥쳤다.

형사들이 들어오자마자 고문은 또 시작됐다. 팬티 하나만 남겨
놓고 옷을 홀랑 벗기더니, 무릎을 꿇어앉혀 놓고 꿇어앉은
다리 사이에 쇠파이프를 끼워 넣고, 양손을 뒤로 젖혀 발목에

양손을 합쳐서 꽁꽁 묶어 놓더니, 일 미터도 넘을 정도의
파이프를 형사 두 놈이 양끝에서 밟기 시작했다.

생각을 해보시오. 옷 하나 걸치지 않은 정강이가 시멘트 바닥에 닿아
있는 상태에서 뚱뚱한 형사 두 놈이 양끝에서 파이프를 밟을 뿐만
아니라 파이프를 밟고 질겅질겅 양쪽으로 흔들어 대는 것입니다.
정강이는 시멘트 바닥에 짓이겨져 껍질이 벗겨지고 피가 뻘겋게
흘러도 사정없이 밟아대며 책을 내놓으라고 협박을 하는 겁니다.
만일 간첩이 아니라 간첩 할애비라도 그런 고문을 받으면, 책이 있다면
그 책을 내놓지 않고 견뎌낼 인간이 어디에 있겠습니까?

# "고무·찬양죄"를 받을 사람은 바로 형사들

그러한 고문을 견디다 못해 정신을 잃었던가 보다. 몸에
한기가 들어 정신을 차려보니, 발가벗겨진 몸으로 시멘트
바닥에 쪼그라져 자빠져 있었다.

축축하게 젖어 있는 시멘트 바닥에서 간신히 일어나니
목이 말랐다. 형사 놈들한테 물 좀 먹게 해달라고 사정을
해 보았으나 돌아오는 건 심한 욕설과 방망이뿐이었다. 목이
말라 죽을 지경인데도 물 한 모금 주지 않았다. 그런데 가만
보니까 고문실 한쪽에 커다란 물통이 보이는 것이다. 물통을
보는 순간 오직 물 한 모금만이라도 먹어야 살 것 같아서, 얼른
기어가 물통에 머리를 박고 물을 먹었다. 물이 더럽고 말고
어디 있는가? 그냥 고개 처박고 물을 꿀떡꿀떡 먹었다.

물먹는 것을 본 형사 두 놈이 나한테 오더니 "이 새끼야,
누가 네 맘대로 물먹으라고 했냐?"며 이왕 먹은 김에 실컷
처먹으라며, 한 놈은 내 양팔을 뒤로 젖히고 한 놈은 내
머리채를 잡더니 물통에 담궜다가 죽을 지경이 되면 뺐다가
다시 담그는 것이다. 나는 물통에 담기지 않으려고 몸부림을
쳐 봤으나 소용없는 일이었다.

생각해 보십시오. 한 놈은 뒤에서 팔을 잡고 있고, 한 놈은
내 긴 머리카락(그때 한참 머리 긴 것이 유행이었잖아요)을 잡고 물 속에
담그니 어쩌겠습니까?

그러한 고문에 몸부림치다 목에 이상이 생겨 제대로 움직이지
못하니까, 저희들 생각도 안 되겠던 지 벗겨 놓은 옷을
입으라더니 차에 타라고 했다. 군산극장 뒷골목 여인숙에
데려다 놓고 조그만 안티프라민 한 곽을 주며 바르라고 했다.
그렇게 며칠을 여인숙 구석 방에서 수건 찜질과 안티프라민을
바르는 것이 치료였다.

여인숙에 가둬 놓고 2~3일 정도 됐는데 김동석이란 형사
놈이 하는 말이, "야, 봉택아. 인제 우리가 너를 책을 갖고 있지
않았다고 인정하는 대신 박춘환이한테 이북에서 구경 잘하고
대우도 잘 받았다는 그러한 이야기는 들은 적이 있냐?"고
물어보는 것이다. 춘환이한테 이북에 대한 이야기를 들은 적이
없다고 했더니, "야, 춘환이가 직접 너한테 이야기를 했다는데
너는 왜 못 들었다고 하냐"며 윽박질렀다. 그렇게 며칠 동안을
밤이면 경찰서로 데려가 고문하며, 춘환이가 나에게 이북에
있다는 관광지나 산업시설 구경한 것을 이야기했다는 거다.

내가 어떻게 이북 이야기를 알겠는가? 금강산이나 뭐 그런 이북 관광지라든지 흥남비료공장? 그리고 예쁜 아가씨들이 술을 주고 뭐 어쩌고 그런 것을 춘환이가 내게 했다는 것이다. 형사 놈들은 나에게 너는 왜 못 들었다고 하냐며 발목을 묶어서 거꾸로 매달아 놓고 방망이로 때리며 이북에 대한 이야기를 내 귀에 박힐 정도로 해주는 거다. 거꾸로 매달아 놓고 시간이 지날수록 얼굴은 붓고 눈알은 금방 빠질 것 같은 고통으로 말도 못할 정도가 되면 매달아 놓은 것을 풀어서 의자에 앉혀 놓고 또 이북 이야기를 해주며, "춘환이한테 들었다고 대답하라"는 것이다.

지금 생각하면 우리한테 "박춘환의 고무·찬양 행위를 신고하지 않았다"(당시 반공법 제8조)고 죄를 뒤집어씌웠지만, 사실은 형사 놈들이 "고무·찬양죄"를 받아야 마땅하지 않습니까? 내가 형사 놈들한테 평양이 어떻고, 비료 공장이 어디에 있다는 이야기를 듣지 않았다면, 어떻게 비료 공장이나 평양에 구경거리가 많다는 것을 알았겠습니까? 그 놈들이 "고무·찬양죄"를 받아야 마땅하다고 생각합니다.

내가 죽어도 춘환이한테 이북 이야기를 못 들었다고 뻐기니까(버티니까) 여인숙에 가둬 놓고 잠을 자지 못하도록

24시간 내내 자술서를 쓰라고 했다. 내가 어려서부터 지금까지 어떻게 살았는지 쓰라는 것이다. 나는 처음에는 빨리 쓰고 잠이라도 한숨 잘 욕심으로 몇 시간씩을 생각하며 쓴 것인데 다 썼다고 갖다 주면, 몇 장 넘겨보다가 "야 이 자식아 누가 이렇게 쓰라고 했냐"며 자술서를 박박 찢어버리는 것이다. 2~3일을 방 바닥에 엎드려 잠 한숨 못 자고 글을 쓰다 보니 내 이름 임봉택을 쓰려 해도 쓸 수가 없었다. 임자를 쓰려면 ㅇ을 쓰고 옆에 ㅣ자를 써야 하는데, ㅇ자가 몇 개로 보여서 ㅣ자를 ㅇ자 옆에 쓸 수가 없는 것이다.

글씨가 여러 개로 보여 도저히 못 쓰겠다고 했더니, 주먹으로 내 몸을 닥치는 대로 두들겨 패며 빨리 쓰라고 재촉했다. 그렇게 두들겨 맞으면서도 글씨를 못 쓰니까 이번에는 바둑알을 가지고 와서 흰색 알과 검정색 알을 살살 흩트려 놓고 흰색과 검정색을 고르라며 잠을 못 자게 했다. 그 옆에서 형사 놈들은 돈 따먹기 노름을 했다. 여인숙에 갇혀 있는 동안 그걸 여러 차례 보았다.

그뿐이 아니었다. 그때만 해도 양담배를 피우다 들키면 벌금을 낼 때였다. 그런데 형사 놈들은 다 양담배를 피웠다. 통행금지

해제 사이렌이 불 때까지 노름을 하다 가는 날이면, 재떨이에
양담배 꽁초가 수북수북했다. 1972년도 군산 정보과에서
근무하던 형사 놈들은 거의가 그렇다고 생각한다.

# 전주로 가서 서류를 꾸미다

그러한 고통을 겪으면서도 춘환이한테 이북에 대한 이야기를 들은 적이 없다고 뻐겼다(버텼다). 그러던 어느 날 밤, 12시 통행금지 사이렌이 울리고 조금 지났는데, 맞아서 퉁퉁 부은 몸이 어찌나 아프고 쓰리던지 벽에 기대어 꾸벅꾸벅 졸고 있었다. 그런데 놈들이 나를 데리고 밖으로 나가더니 지프차에 실었다. 내 생각에는 아~ 이놈들이 또 고문하려고 경찰서로 가는구나 생각했는데 경찰서로 가는 것이 아니라 군산 대야 쪽으로 빠져 목천포 다리를 건너는 것 아닌가? 전주 쪽으로 가는 것이었다.

어느 커다란 건물 앞에 차를 세우니까 대문이 활짝 열려 차가 건물 안으로 들어갔다. 조금 있으니까 두 사람이 나와서 군산경찰서 형사 놈들과 한참이나 이야기를 하더니 나를 차에서 내리라고 했다. 나를 그 두 사람에게 넘기고 군산에서 온 형사 놈들은 가버렸다.

두 사람이 나를 데리고 가파른 계단을 타고 지하실로 들어갔다. 지하실 안에는 수없이 많은 물건들이 있었다. 형사 놈들은 그 도구들이 고문할 때 사용하는 것들이라고 설명해주며 "너는 오늘 박춘환이한테 들은 이야기를 잘

생각해서 이 종이에 적으라"면서 메모지와 연필을 갖다
주었다. 그리고는 한 사람이 말하기를, "이놈아 너 생각해
봐라. 나는 서울을 갔다 오고, 너는 서울을 안 갔다고 해보자.
그러면 너는 서울을 못 가 봤는데, 내가 서울에 갔다 와서
얼마나 지금 자랑하고 싶겠냐? 박춘환이가 너한테 이북
갔다고 얘기를 안 했다는 것은 거짓말"이라는 것이다.
그리고는 "너는 지금 춘환이한테 이북 이야기를 못 들었다고
하는데, 못 들은 것이 아니라 오래돼서 생각이 잘 안 날
뿐"이라며, "만일 여기서도 못 들었다고 계속 뻐기면, 우리는
너한테 손 하나 대지 않을 것이다. 저 물건들이 군산에서
당하던 것보다 몇 배의 고통을 줄 것"이라고 협박했다.
생각나는 대로 빨리 쓰라며 나 혼자만 남겨놓고 지하실을
나가버렸다.

나는 혼자 앉아 군산에서 받은 고문보다 몇 배의 고통을
또 받는다면 어떻게 될까 생각을 해봤다. 그런데 느닷없이
옆방에서 고문에 부대껴 금방 숨이 넘어갈 듯한 소리가
들렸다. 죽는다고 발버둥치는 소리, 내가 고문 받으면서
몸부림치던 소리와 같은 비명 소리였다. 나는 할 수 없이

고문을 받기 전에 군산에서 형사 놈들이 내 귀에 박히도록
해주던 이북에 대한 이야기를 하나씩 쓰기 시작했다.

지금 생각해 보면 옆방에서 고문에 부대끼어 악을 쓰던 소리는
녹음 소리가 아니었을까 생각한다. 왜냐하면 내가 전주에서
5일이 넘게 있었는데 그곳에서 본 외지인은 밥을 갖다 주는
아주머니 밖에 없어서다. 6일 되던 날엔 아침 밥을 먹이더니
서류를 꾸미기 시작했다.

내가 박춘환이한테 들었다고 써 놓은 이북 이야기를 차곡차곡
확인하면서 서류를 꾸미더니 손도장까지 모두 찍어 놓고 하는
말이 "야 이놈아! 진작에 이런 이야기를 들었다고 말했으면
이렇게 온 몸이 멍들도록 맞지 않았을 것 아니냐"며 내 어깨를
툭툭 쳤다. 내가 전주에서 이북 이야기를 들었다고 써 놓은 것은
모두가 군산에서 형사 놈들한테 듣고 외운 것이었다.

그날 오후 해질 무렵에 군산에서 형사 놈들이 와서 나를
지프차에 태우고 다시 군산극장 뒷골목 여인숙에 가둬 놓고
2~3일 후에 군산경찰서로 데리고 가더니 경찰서 유치장 독방에
처박아 놓았다.

# 유치장의 악몽

나는 1972년 2월 4일 경찰서 유치장 독방에 감금됐다. 한 평도
못 되는 독방에 가둬 놓고, 목매어 죽을 수 있다고 혁대부터
양말까지 다 벗겨 가버리고 구멍이 뻥뻥 뚫린 모포 두 장을
주었다. 배가 고파서 그런지 춥기는 왜 그리 춥던지.

유치장에 들어간 날부터 배고픔과 대소변이 문제였다.
하루 세 끼를 주기는 주는데, 굽 낮은 양은 도시락에 보리밥과
소금에 절여 놓은 무 조각 두서너 개가 전부였다. 20대 젊은
놈이 하루 종일 정자세로 앉아 도시락 세 개를 받아먹고
있으니 정말로 너무나 배가 고팠다. 배식하는 아주머니한테
물이라도 더 달라고 해서 배부르도록 마셨다. 그런데 문제가
생긴 것이다. 소변이었다.

하루에 두세 번씩 화장실에 보내주는데, 그 사이에 소변이
마려우면 유치장 간수한테 "담당님, 금방 싸겠습니다.
한 번만 봐주십시오." 하고 사정사정해 본다. 그럼 간수가 하는
말이 "야 이 자식아 밥 먹고 (화장실) 가!" 그랬다. 내가 다시
한번 "담당님! 금방 싸겠습니다!" 하고 부탁하면 그때부터는
욕설과 '철창타기'가 시작되는 것이다. 4~50센티 정도되는
철창 칸막이에 양 발을 올려놓고 그 철창을 손으로 잡고

매달려 있으면 원숭이가 나뭇가지를 잡고 매달려 있는
형식이 된다. 그렇게 철창에 매달려 1~2분만 있으면 마려웠던
소대변은 금방 사라졌다. 손을 놓치면 머리가 깨질 것이라는
걱정뿐이었다. 그러면 간수 놈이 "그래도 마려우냐?"고
묻는다. 나는 당연히 "안 마렵습니다. 용서해 주십시오~"
사정을 한다. 그러하니 물마저도 배부르게 마실 수가 없었다.

다른 사람들이 면회 나갔다 오면서 먹을 걸 한 보따리씩
갖고 오는 것을 보면 그렇게 부러울 수가 없었다. 그런데
나는 면회도 안 시켜주지, 배는 고프지, 뭐니 뭐니 해도
억울하다는 생각, 가족들은 전혀 생각나지도 않고, 오직
하얀 쌀밥에 돼지고기 올려서 밥 한 그릇 배불리 먹고 죽으면
원이 없겠다는 생각뿐이 안 났다.

그래서 물이라도 배부르게 먹기 위해서 노력을 했다.
내가 갇혀 있는 1호실 독방 유치장 마루 한쪽 귀퉁이에 제법
큰 나무 공이('옹이'를 개야도에서는 '공이'라 했다)가 있는데
그 공이가 약간씩 움직였다. 나는 그 공이만 빼내면 작은
구멍이 생겨 화장실 용도로 사용할 수 있겠다 싶은 생각이
들었다. 취침시간에도 앉아 있을 때도 간수의 눈을 피해 가며

그 공이를 계속 눌러 댔다. 하루 만에 그 공이를 마루 밑으로
밀어내는 데 성공했다. 나는 그날부터 물이라도 배부르게
마실 수 있었다. 정말로 그 마룻장 공이가 얼마나 고마운지
절이라도 하고 싶었다.

생각해 보십시오. 화장실에 가기가 그렇게 힘들었는데,
이제 조금만 마려워도 냄새야 나건 말건, 나 혼자 있으니까
누구 눈치 볼 것 없이, 간수 눈만 피해 소변을 보게 되니
얼마나 좋았겠습니까?

하지만 남들은 유치장에 들어와서 10일도 채 안 돼 나가는 것
같았는데, 우리는 형사 놈들마저 찾아오지 않고, 유치장에서
그 고통을 겪게 하는지 알 수가 없었다. 발이 너무 시려 담요를
깔고 앉았다가, "누구 맘대로 담요 깔고 앉았냐"고 철창 밖으로
불려 나가 얼마나 두들겨 맞았는지 모른다.

지옥이 따로 있겠습니까? 춥고 배고프고 조금만 잘못하면
불려 나가 기합받고 매 맞지요. 정말로 지옥 아닌 지옥이었습니다.

위 작은 다큐 〈진실의 힘 설립자들〉 시사회에서 '임봉택 편'을 상영하고 있다.
아래 작은 다큐 〈진실의 힘 설립자들〉 시사회에서 오주석(왼쪽), 박동운(가운데) 선생과 함께.
2023년 7월 11일. 프란치스코 교육회관.

# 교도소의 법률 선생들

유치장에 들어가 19일째 되는 날이었다. 아침 일찍 정보과
형사 놈이 와서 나를 데리고 정보과 사무실로 데리고 가더니
국밥 한 그릇을 갖다 줬다. 그 국밥을 보니 눈이 환해졌다.
형사가 하는 말이 "봉택아, 너 요즘 고생이 많았지? 배고플
텐데 이거 한 그릇 먹어라" 하는 것이다. 정신없이 먹고
있는데 형사 놈이 오늘 오후에 검사님을 만나러 가야
한다는 것이다. 그때만 해도 내가 검사가 뭔지 뭘 알겠는가?
"검사님이 박춘환이한테 이걸 들었냐고 물어보면 무조건
예예 대답을 해야 한다. 안 들었습니다, 그러면 너는 집에도
못 가고 징역산다"고 했다. 박춘환이 간첩인데 그걸 감싸주면
너도 간첩이라고 하면서 "검사님이 무슨 말이든지 물어보면
예예하고 대답만 잘하면 집에 빨리 갈 수 있다"고 했다.

내가 법에 대해 무얼 알았겠습니까? 등잔불 켜고 살던
조그만 섬에서 초등학교 졸업하고 배나 타던 내가
법이 어떻다는 걸 어찌 알았겠습니까? 그래서 형사 놈이
하라는 대로 검사가 묻는 말에 무조건 예예 대답했습니다.

그러나 나를 지프차에 실어 데리고 간 곳은 군산교도소였다.
집이 아니라. 죄 지은 사람이 교도소라는 데를 간다는 건 나도

알고 있었는데, 거길 내가 들어가게 된 것이다.

교도소에 들어가 신체검사하고 나니 검정 고무신에 시퍼런 옷을 입혀서 "559"라는 번호를 붙여 주었다. 그리고 밥그릇 두 개를 주더니 감방에 넣어 버렸다. 그때가 저녁 배식 시간이었다. 감방 안에는 재소자가 7~8명쯤 있었는데, 저녁 밥을 먹으면서 나한테는 밥을 주지 않았다. 저녁 식사가 끝나기 무섭게 한 놈이 나한테 다가오더니 "거기는 네 자리가 아니야" 라면서 뻥끼통(화장실을 뻥끼통이라 했다) 쪽으로 가서 앉으라고 했다.

그 말이 무슨 말인지 몰라 멍하고 앉아 있는데, 느닷없이 달려 들어 팔꿈치로 나의 가슴을 내질렀다. 나는 가슴이 탁 막히는 통증을 느끼며 화가 머리 끝까지 차올라 왔다. 그 순간 웃옷을 홀랑 벗고 "자~ 이 자식아! 내 몸을 좀 봐라. 내가 경찰서에서 한달이 넘게 맞고 고문을 받아 내 몸이 이렇게 됐다"며 악을 쓰며 "아주 때려서 죽여버려라!"고 달려들었다. 고문으로 멍든 자국이 울긋불긋 세계지도를 그리고 있는 걸 보고는 '감방장'이라는 사람이 내게 물었다. "야, 너 죄명이 무어냐?" "예. 반공법입니다." 라고 대답했더니,

"야, 너 많이 맞았구나"

나를 불쌍한 눈으로 쳐다보며 감방 안 사람들에게
"이 사람한테 절대 손대지 말 것"이며 잘 대해주라고 일렀다.
나중에 안 일이지만, 감방장 이름은 황계주요, 전과는
8범이라고 했다.

그날 밤 감방장이 나한테 무엇 때문에 몸이 이렇게 되도록
맞았냐며 또 반공법은 어떻게 된 것이고, 어떻게 했길래
교도소까지 오게 됐는지 말해보라고 했다. 나는 처음부터
유치장까지 들어간 사연을 세세히 얘기하는데, 내 이야기가
너무나 기가 막힌 지 7~8명이 되는 감방 안 사람들이
말 한마디 없이 내 이야기를 들어주었다.

내 이야기가 끝나고 나니 그때부터는 나를 놓고 감방 안에서
재판을 하는 것이다. 어떤 사람은 "한 죄도 안 했다고 오리발을
내놓는 판인데, 너는 아무것도 한 일이 없으니, 내일 아침에
검사가 부르면 그때는 아무것도 못 들었다고 해야 한다"고
말했다. 또 어떤 사람은 "오늘은 모두 시인해 놓고, 교도소에서
하룻밤 자고 와서는 아무것도 못 들었다고 오리발을 내놓으면

검사가 인정을 하겠냐"는 것이다.

그때 감방장이 나서더니, "없는 죄를 만들어서 감방까지
처넣은 놈들이 모두 못 들었다고 한다고 해서 내줄 리는
없을 것이니, 네가 들었다고 한 이북에 대한 이야기를 제일
약한 걸로 두서너 개만 들었다고 하면, 전과 없는 초범이니까
집행유예로 나갈 수 있을 것"이라고 결론을 내렸다.

# 불고지죄를 가르쳐 준 검사

그날 밤 어떻게 해야 할지 생각하다가 뜬 눈으로 날을
새다시피 했다. 아침이 되자 인원 점검이 끝나고 배식이
시작됐는데 감방 문 하단에 조그마한 구멍으로 밥덩이가
들어왔다. 먹을 것을 넣어준다고 해서 그걸 '식구통'이라고
불렀다. 그 조그마한 구멍으로 밥이 들어오는데 밖에서 넣어
주는 놈이나 안에서 받는 놈이나 아주 기가 막혔다. 착착착,
완전히 기계가 하는 것 같았다.

교도소 가다밥(틀로 찍어낸 밥) 한 덩이를 받아먹으며 나도
모르게 눈물이 핑 돌았다. 쌀알 하나 없는 꽁보리밥이지만
국물에 반찬까지 주었다. 밥 한 덩이에 국물까지 마시고
나니, 정말로 살 것 같았다. 유치장에서 먹던 것을 생각하면
진수성찬이었으니까.

밥을 먹고 조금 있으니까 밖에서 교도관이 번호를 부르기
시작했다. 그 번호가 재소자의 이름이었다. 검찰이나
법원으로 출정 나갈 사람들의 이름을 부르는 것이다. 역시나
내 번호 559번, "통통구"를 불렀다. 교도소에서는 559번을
언제나 "통통구"로 불렀다. 감방 문이 열리고 밖으로 나가니
교도관들이 재소자들의 양손을 꽁꽁 묶어 줄줄이 엮어

관용차에 싣고 법원으로 가더니 '비둘기장'에 넣은 다음
묶은 줄을 풀어주었다. '비둘기장'이란 경찰서 유치장 같은
곳이었다.

'비둘기장'에서 대기하고 있는데 내 번호를 불러 밖으로
나오라고 하더니 이번에는 양손에 수갑을 채웠다. 교도관이
수갑을 찬 나를 데리고 검사실로 들어갔다.

검사실에 들어간 교도관은 검사에게 거수경례를 하더니
나를 검사 앞에 있는 의자에 앉혔다. 검사가 나를 보더니
"내가 묻는 말에 똑똑하게 대답하라"고 하면서 어제 물었던
이북 이야기를 다시 물었다. 나는 검사가 묻는 말에 무조건
"못 들었습니다"로 대답을 했다. 검사가 책상을 탁 치면서
"너 이놈아! 어제는 이 이야기를 다 들었다고 해놓고 오늘은
왜 모두 못 들었다고 하냐"고 소리쳤다. 그래서 나는 검사에게
"어제 아침 일찍이 정보과 형사가 찾아와 나를 데리고
사무실로 데리고 가더니, 오늘 오후에 검사님 만나는데
검사님이 묻는 말에 무조건 예예 대답만 하면 집에 빨리 갈 수
있다고 말해줘서 그렇게 대답했다"고 말했다. 그랬더니 어떤
형사가 그런 말을 했냐고 물었다. 나를 데려다 조서를 꾸미던

유악귀 형사라고 말했더니 그러냐고 하면서 오늘은 들어가고 내일 한번 또 나오라고 말했다.

그날 오후에 교도소로 다시 들어가니, 재소자들이 나한테 모여들어 어떻게 대답하고 왔냐고 물었다. 나는 박춘환이한테 한 마디도 못 들었다고 뻐겨댔더니(버텼더니) 검사가 화를 내면서 내일 또 나오라고 했다고 말해줬다. 감방장은 "너는 잘만 하면 풀려날 수도 있을 것 같다"면서 칭찬을 해주었다.

그 이튿날 춘환이와 명록이는 부르지 않고 나 혼자만 불려 가서 '비둘기장'에서 대기하고 있는데 정보과 형사 유악귀가 나를 찾아 '비둘기장'에 들어왔다. 나한테 "검사님한테 예예 대답만 잘하면 집에 빨리 갈 수 있다"고 말한 형사다. 유악귀가 하는 말이 "너 이놈아! 춘환이나 명록이는 다 시인하고 돌아갔는데, 너 혼자만 못 들었다고 뻐기면 검사님이 인정할 것 같냐?"고 하면서 "네가 정 그렇게 나오면 경찰서로 다시 데리고 갈 것"이라고 윽박질렀다.

그러나 나는 검사한테 가서도 "아무것도 못 들었다"고 계속 뻐겼다. 그랬더니 검사가 하는 말이 "너 학교는 어디까지 나왔느냐"고 묻기에, "개야도 초등학교를 나왔다"고 했다.
그랬더니 검사는 "그러면 한글은 알겠네" 하면서 법전을
내 앞에 펼쳐 놓고 반공법 불고지죄를 찾아 불고지죄에
대해서 설명을 했다. "불고지죄는 약한 죄니까 한 가지를
들었다고 하나 열 가지를 들었다고 하나 그 죄가 그 죄니까
모두 들었다고 하라"며 옆에 있던 슬리퍼로 내 머리를 툭툭
치며 협박을 했다.

그러나 나는 아무것도 못 들었다고 뻐겨댔다. 검사는 "너 이놈
두고 보자"면서 교도관에게 데리고 나가라고 했다. 그 후로
교도소에서 나를 데리고 검사실에 들어갔던 교도관이 "너는
통통구가 아니라, 못 들었습니다로 번호를 바꾸어야 한다"며,
내 별명을 "못 들었습니다~"로 붙여주고 그렇게 불렀다.

재판을 받으러 법정에 나갔는데, 판사가 나에게 묻는 말은
검사가 물어보던 질문과 똑같았다. 그래서 판사 앞에서도
못 들었다고 답변했지만, 쓸데없는 일이었다. 판사나 검사나
내 말을 인정하지 않았고, 그 다음 재판에서 징역 8월 형을
선고했다.

그래서 나는 "판사님! 내가 무슨 죄가 있다고 징역을 살아야 하냐"고 울부짖었다. 그랬더니 교도관들이 우르르 몰려와 나를 번쩍 들고 밖으로 나가며 "너 이놈의 새끼! 교도소에 들어가서 보자"며 윽박질렀다.

그날 오후, 내가 갇혀 있는 12호실 감방에 들어가니 같이 있던 재소자들이 "집행유예라도 받아 꼭 나갈 줄 알았는데 또 들어왔냐"고 안타까워했다. 나는 바로 항소했다.

# 요즘에는 무슨 고기가 많이 잡히냐?

군산교도소에서 항소를 하면 단독 재판은 전주교도소로,
합의부 재판은 광주교도소로 이감을 가게 된다. 나는
합의부 재판이라 광주교도소로 이감을 갈 것이라고 했다.
이감 갈 날만 기다리며 지루한 시간을 보내고 있었는데,
어느 날 감방에 재소자 두 명이 들어왔다. 그 중 한 명은
배를 타는 사람인데 술 먹고 싸우다가 들어온 것이다. 나는
그 사람에게는 신고식을 시키지 못하게 하고, "요즘에는
무슨 고기가 많이 잡히냐"고 물어봤다. 그 사람은 "안마도나
왕등도 밖에서 황석어가 많이 잡힌다"고 했다.

그 소식을 명록이한테도 알려주고 싶었다. 명록이나 나나
배만 타던 사람이라 바다 소식이 늘 궁금했다. 얼른 알려주고
싶어 명록이하고 통방을 시도했다. 나는 12방에 있고,
명록이는 11방에 있었기 때문에 벽 하나 사이였다.
벽을 두서너 번 두드리면 명록이나 나나 통방하고 싶다는
신호라는 것을 알고 있었다.

감방 안에 여러 사람이 있었지만 나는 그 안에서는 누구의
통제도 받지 않았다. 왜냐하면 다른 재소자들은 재판이
시작되면 원래 있던 방에서 기소방(기소된 재소자들이 있는

곳)으로 전방이 되는데, 우리는 반공법이라 그런지 재판이
끝날 때까지 딴 방으로 전방을 보내지 않으니까, 자연히 내가
감방장이 된 것이다. 감방에서도 룰이 있었다. 그 룰이란 첫째,
하루의 선배를 조상처럼 모신다. 둘째, 주면 주는 대로 먹는다.
또 뭐더라? 너무 오래돼서 생각이 잘 나지 않는다. 하루의
선배를 조상처럼 모신다는 룰이 있으니까, 잘났거나 못났거나
자연히 한방에서 오래 있는 사람을 감방장으로 추대해 주는
것이다.

벽을 두드려 통방에는 성공을 하더라도 서로 얼굴은 보지
못한다. 창문을 열고 철창 사이로 얼굴만 내밀고 상대방이
잘 듣도록 말을 하는 것이다.

그렇게 통방을 하고 있는데, 순찰을 돌던 교도관한테 들키고
말았다. 명록이와 나는 밖으로 끌려 나갔다. 교도관이 하는
말이, "교도소에서 재소자들이 하지 말아야 할 3대 법칙이
있는데 첫째 밀서 보내기, 둘째 담배 피우기, 셋째 통방하기다.
너희들은 3대 법칙을 어겼으니 종아리 30대씩을 맞아야
한다"면서 한쪽 구석에 무릎을 꿇려 놓고 명록이부터 때리기
시작했다. 교도관들이 차고 다니는 방망이로 30대를 때리는

것을 보고 있던 나는 차라리 내가 먼저 맞았으면 좋았을 걸!
생각이 들었다. 방망이로 종아리를 맞을 때마다 죽는다며
몸부림치는 명록이를 보니 통방을 시도한 내가 한없이
원망스러웠다.

명록이가 30대를 다 맞고 내 차례가 됐다. 종아리를 걷어
올리고 매를 맞는데 정말로 다리가 부러질 것처럼 아팠다.
방망이로 열 대 이상을 맞으니 도저히 못 견딜 것 같아서 꾀를
부리기 시작했다. 방망이로 때릴 때마다 바닥에 누워 죽는
시늉을 하면서 일어나지 않으니까 교도관이 군화발로 빨리
일어서라면서 가랑이 사이를 걷어찼다.

나는 '이때다!' 생각하고, 맞지도 않은 고환을 잡고 죽는다고
때굴때굴 굴렀다. 내가 고환을 잡고 죽는다고 몸부림치니까
교도관도 겁이 났던지 때리던 것을 멈췄다. 조개탄 때는 난로
옆에 나를 앉혀 놓고 교도관이 지금은 어떠냐고 묻기에,
간신히 일어나는 시늉을 하며 걸음을 제대로 걸을 수가
없다고 하면서 고환에 손을 대고 절뚝거리는 시늉을 했다.
교도관은 앞으로는 절대로 통방을 하지 말라며 감방으로
들여보냈다. 그래서 방망이 30대를 다 맞지 않고 큰 고비를

넘긴 일도 있었다.

글을 쓰다 보니 지루한 생각이 들어 머리도 식힐 겸, 시 한 수 읽고
갑시다.

시의 제목은 〈사랑〉

그리운 사랑이 있습니다. 보고픈 사랑이 있습니다. 지금은 무엇보다도
듣고픈 사랑의 목소리가 있습니다.
슬퍼지는 사랑이 있습니다. 아픈 사랑이 있습니다. 너무나 가슴 아파
고통이 느껴지는 사랑이 있습니다.
사랑하는 사람이 있습니다. 영원히 느끼고 싶은 사랑이 있습니다.
이제는 더 이상 그리워하지도 아파하지도 슬퍼하거나 보고 싶어
몸부림 치지 않아도 될 그 사랑이 되고 싶습니다.

# 감방장 통통구의 에피소드

군산교도소에서 4개월 넘는 수감생활을 하는 동안 있었던
에피소드를 적어볼까 한다.

먼저 신입 재소자가 들어오면 전과자인지 신입인지를
알아보고, 전과가 없는 사람이라면 그 사람을 놀려줄 계획을
세운다. 첫 번째 피 뽑기. 나같이 햇빛을 몇 개월간 제대로
받지 못해 얼굴이 허옇게 된 사람을 가리키며 "이 사람이
감방장님인데 징역을 오래 살고 잘 먹지 못해서 피가
부족하니까 얼굴이 하얗게 됐다. 그러니 네 피를 조금만
뽑아서 감방장님께 드리자"고 제안을 하는 거다. 그러면
교도소를 처음 들어온 초짜들은 거절을 못한다. 피를 조금만
빼겠다고 말하고 준비에 들어간다. 그 신입의 눈을 수건으로
가린다. 신입에게는 "네 눈으로 피 빼는 걸 보고 있으면
불안하니까 그렇다"고 말한다. 그 사람 눈을 가림과 동시에
한 사람은 입 속에 물을 넣고 대기하는 것이다. 다른 사람들은
옆에서 주사 바늘을 가져오라고 바람을 잡는다.

입 속에 든 물이 따뜻할 정도가 되면 뾰족하게 깎은 대나무
젓가락을 갖다가 혈관을 찾는 시늉을 하면서 따끔할 정도로
침 찌르는 시늉을 하고는 입 속에 든 물을 젓가락을 타고

내려가게 서서히 내려 보낸다. 그 신입에게는 "어지러우면 말하라" 하며 계속 물을 내려 보내는 것이다. 그러면 이 신입은 젓가락을 타고 온 뜨뜻한 물이 자기 팔을 통해서 계속 밑으로 떨어지니까, 정말로 자신의 팔에서 피가 흘러나온다고 착각을 하게 되는 것이다.

그렇게 몇 분이 지나면 이 사람은 틀림없이 어지러워 더 이상은 못하겠다고 말한다. 그런 쇼를 하며 신입이 하는 행동을 보면서 웃고 즐긴다. 그렇게 시간을 때우는 것이다.

두 번째 담배 피우기. 교도소에서는 담배 피우는 것을 "개 잡는다"고 한다. 개를 잡으려면 먼저 떵보는(망보는) 사람을 문 앞에 세워 놓는다. 그리고 탁(라이터 돌)을 꺼내 은박지로 된 치약 껍데기로 싸준다. 손으로 잡기 좋게 싸는 것이다. 그리고는 이불 솜을 조금 뽑아 짝짝 찢어서 불 붙이기 좋게 만들고, 한쪽 끝에 침을 발라 벽에다 붙여 놓는다. 숨겨 놓았던 유리 조각을 꺼내 탁에 긁으면 불빛이 번쩍번쩍 일어난다. 그 불빛을 준비해 놓은 솜에 갖다 대면 금방 불이 붙었다. 마침 담배를 준비해 놓고 있다가 솜에 불이 붙는 순간 담배를 들이대고 빨아들이면 불은 담배에 옮겨붙는다.

담배 준비를 하는 데도 시간이 많이 걸렸다. 옛날에
백조 담배가 있었다. 파랑새라는 담배도 생각이 난다.
이 담배들은 필터가 없어서 교도소 내에서는 최고로 쳤다. 담배
한 가치(개비)를 세 토막으로 자른 다음, 토막 낸
담배를 파이프에 낀 것처럼 마분지로 말아 놓았다. 마분지는
화장실에서 쓰는, 밑 닦는 종이인데 손바닥만 했다.
교도소에서는 재소자들에게 한 달에 서너 차례 마분지를
몇 장씩 나누어 줬는데, 재소자들은 "월급 탔다"고 말했다.

담배에 불이 붙으면 연기 한 모금이 아깝다는 생각으로 깊게
들이마시고 꿀꺽 삼켜야 한다. 그래야만 담배 냄새가 덜 나기
때문이다. 그런 식으로 두 모금 또는 세 모금 삼키면 머리가
어질어질해졌다.

그렇게 솜에 불을 붙이고 담배 연기를 삼킨다 해도 냄새가
난다. 솜 탄내나 담배 냄새를 없애기 위해서 미리 준비를 했다.
물에 치약을 섞어 놓고 있다가 솜과 담배에 불이 붙으면 재소자
여러 명이 치약 물을 입에 넣고 분무기 뿌리듯이 품어대면 금방
냄새가 사라지니까 안심할 수 있었다. 어쩌다가 한 번씩 개를
잡는데 그러한 위험한 짓을 하다 보면 시간은 빨리 갔다.

# 꽁꽁 묶인 이감 날, 택시비

그럭저럭 시간을 보내다 보니 군산교도소에서 지낸 날이
4개월도 넘어가고 있었다. 어느 날 아침. 559번 내 번호를
부르는 교도관의 목소리가 들렸다. 예하고 대답하고 벌떡
일어섰더니 빨리 물건을 가지고 나오라고 했다. 나는 부리나케
징역 보따리를 챙겨 밖으로 나갔는데 교도관이 나를 데리고
어느 사무실로 들어갔다. 명록이와 춘환이는 벌써 와 있었다.

우리가 들어간 곳은 식당 같은 곳이었는데, 거기서 밥
한 덩이씩 먹이더니, 양손에 수갑을 채우고 양팔을 뒤로 젖혀
포승줄로 꽁꽁 묶더니, 묶은 줄 세 개를 하나로 합쳐 또 줄줄이
묶었다. 그러고는 관용차에 싣고 군산역으로 가서 기차에
타라고 했다.

군산에서 출발한 기차는 이리역(지금은 익산역)에 도착했고,
이리역에서 우리를 내리게 하더니 광주 가는 기차로 갈아타야
한다고 했다. 익산역에서 기차를 기다리고 있는데, 수많은
사람들이 오고 가면서 우리 세 명이 꽁꽁 묶여 쪼그리고 앉아
있는 것을 구경하는 것이다. 미치고 환장할 일이었다.

그렇게 구경거리가 되어 앉아 있는데 광주로 가는 기차가

들어왔다. 광주행 기차에 몸을 싣고 가는 중에도 우리는
구경거리가 되었다. 우리를 호송하는 교도관들은 광주역에서
교도소까지 버스를 타고 가야 한다고 했다. 나는 창피해서
이제는 죽어도 버스를 타고 더는 못간다고 교도관들에게
사정을 했다.

그러나 교도관들은 버스를 타지 않으면 택시를 타야 하는데
너희들이 택시비가 어디 있냐고 윽박질렀다. 나는 영치금이
있으니까 거기서 제하면 될 것 아니냐며 택시 타자고
사정했다. 그랬더니 교도관 부장이란 사람이 "그러면
네 영치금에서 택시비를 제하는 걸로 하고" 택시를 탔다.
그렇게 광주교도소 2층에 수감되어 재판 날짜를 기다렸다.

교도소 안에서 투표도 해봤다. 1972년 11월 21일, 박정희 정권
때였는데 10월 유신헌법 개정안 국민투표였다. 대통령을 오래
해먹을 목적이었다. 교도소에 수감 중인 기결수는 투표권이
없지만 미결수들은 재판이 끝나지 않아서 투표권이 있었다.
교도소 안에서 투표를 하는 것은 한마디로 가관이었다.
유신헌법 개정안 찬반투표였는데, 투표하는 칸막이 옆에
교도관이 지켜보고 있으니 반대쪽 도장을 찍을 수가 없는

거다. 왜냐하면 교도소장까지 나서서 미결수들을 모아
놓고 우리 교도소에서는 단 한 표의 반대표도 나가지 않게
투표하라는 지시도 했으니까.

차라리 그럴 거면 왜 투표를 합니까? 차라리 지들이 찬성표에 도장을
몽땅 찍어 투표함에 넣을 일이지, 성가시게 투표는 왜 합니까? 정말로
한심했지요.

광주교도소에서 있던 일을 글로 다 쓰자면 끝이 없을 것
같으니 이만 줄인다.

잠시 머리를 식히는 동안 시 한 수 읽고 갑시다.

시간은 흐르고 그 속에 젖어 내 마음 잃어버린 채 잠들어 숨소리만이
나의 가슴 속을 채운다.
잊혀 가는 삶 속에서 잊지 못하여 놓지 않으려고 몸부림치는 사랑
봄은 왔건만 따스한 햇살 내 마음 비추지만 언젠가는 녹아서 사라져
버릴 하얀 조각 하얀 얼음덩이는 아직도 남아 있구나.

# 출소, 11개월만에 상봉한 어머니

머리를 조금 식히고, 광주교도소에서 출소하던 날의 기억을
더 써볼까 한다.

항소해서 광주교도소로 이감을 갔는데, 한 달 정도 지났을
때 법원에 두어 번 나가 재판을 한 거 같은데, 그때 일은
잘 기억나지 않는다. 항소는 모두 기각됐고 징역 8월 형이
확정됐다.

그해 12월 4일, 그날도 저녁 배식이 끝나고 감방 안에서
'말 타기 놀이'를 했다. 떵보던(망보던) 사람이 교도관이
온다고 해서, 후다닥 자기 자리로 돌아가 아무 일도 없었다는
듯이 앉아 있는데, 교도관이 감방 문을 열더니 내 번호를
불렀다. "오늘 저녁 출소한다"고 말하는 것이 아닌가. 나는
그 말을 듣고 멍하니 서 있었다. 교도관이 문을 열어 놓고 빨리
내 물건 챙겨 가지고 나오라는 말에 물건이고 뭐고 챙길 것
없이 교도관을 따라 갔더니 사무실에는 명록이도 나와 있었다.

우리 둘한테 교도관이 "오늘 저녁 출소 증명해 줄 테니, 오늘
밤은 경찰서에 가서 자라"고 했다. 그래서 내가 "경찰서로
가든지 여인숙으로 가든지 간에 돈이 있어야 갈 것이

아닙니까? 영치금이 남아 있으니 내 영치금을 내주시오"라고
말했다. 그랬더니 영치금 담당자가 퇴근을 해서 돈을 줄 수가
없다는 것이다. 명록이와 나는 이 사무실에서 자고 내일
담당자가 오면 남아 있는 영치금을 찾아 가지고 나가겠다
했더니 교도관이 "누구 모가지 띠려고 작정했냐!"며 교도소
내에서는 절대 재워줄 수가 없다고 했다. 출소 명령이 떨어진
사람을 하룻밤이라도 교도소에서 재우는 것은 목이 날아갈
일이라는 것이다.

우리가 빨리 영치금을 내놓으라 하니까 교도관은 어디론가
계속 전화를 했다. 한 시간만 기다리면 담당자가 온다고
했다. 우리가 옷을 갈아 입고 있는데 영치금 담당자라는
사람이 들어왔다. 두런두런하면서 우리들 번호를 확인하더니
영치금을 내주었다.

그 돈을 받고 교도소를 나왔다. 1972년 1월에 들어가서
12월에 교도소에서 나온 것이다. 시내로 들어가는 버스를
타고 가다가 장사 집들이 많이 보이는 곳에서 무작정 내렸다.
어느 식당으로 들어가 돼지머리 국밥에 두부 한 모 사고
막걸리 한 주전자를 사서 서로가 고생했다는 말을 하며

막걸리 한 주전자를 다 비우니 일 넌 가까이 못 먹던 술을
마셔서 그런지 얼큰하게 취기가 올라왔다.

우리는 열 시가 훨씬 넘어 식당을 나왔다. 경찰서는 다시는
돌아보기도 싫지만 여관에 들어가기는 돈이 모자랄 것 같아
경찰서를 찾아갔다. 출소증을 보여주니 교도소에서 연락을
받았다며 친절하게 잠자리를 봐주며 자라고 했다. 몇 개월을
딱딱한 마룻바닥에서 자다가 이불이 푹신하고 따뜻해서
그랬는지 날 새는지도 모르고 자다가, 경찰관이 밥 먹으라고
깨워서야 일어났다. 경찰이 우리를 경찰서 식당으로 데리고
가서 밥을 갖다주며 군산경찰서에서 우리를 데리러 오니까
그 사람하고 같이 가면 된다고 일러주었다.

오전 열 시가 조금 넘은 시간에 군산경찰서에서 왔다는
형사가 우리 어머니와 명록이네 어머니를 데리고
광주경찰서에 들어서는데 우리 어머니 얼굴을 보니 눈물이
왈칵 쏟아졌다. 두 아들과 두 어머니가 와락 자기 아들들
끌어안고 한참을 울었다. 10개월이 넘도록 얼굴 한번 보지
못한 우리 어머니는 너무나 야위어 있었다.

그런 어머니의 모습을 보는 내 마음은 무어라고 표현할 수 있겠습니까?

우리 어머니는 나를 끌어안고 대성통곡을 하시다가 "아버지가 돌아가셨다. 너 징역 산다는 말 듣고 그냥 자결하셨다"고 청천벽력 같은 말씀을 하셨다.

아이고, 그게 뭔 얘기다요? 어머니 그게 뭔 얘기래요?

"네가 간첩이라고, 간첩으로 교도소 갔다고 개야도에 소문이 나서, 그 소리 듣고 그날 저녁 아버지가 그냥 목매셨다"는 것이다. 그 말을 듣고 머리가 띵해 쓰러질 것 같았다. "어머니 어쩌면 좋대요?" 어머니 울고 아들 울고 모자 간에 막 울고, 너무나 가슴이 아프고, 너무나 억울했다.

광주에서 버스를 타고 군산에 도착하여 각자 집으로 가기 위해서 헤어졌는데, 어머니가 어디로 가서 하룻밤을 자야 할지 모르겠다고 말씀하셨다. 나는 큰집(큰아버지 댁)으로 가면 되지 어디로 가느냐고 했더니, 어머니 말씀이 이제 친척들 집에는 갈 수가 없다고 하는 것이다. 내가 징역 산다는 말이 퍼지고 난 다음부터 우리집 식구들을 간첩 자식을 누었다며 상대하기를 꺼려했다고 한다. 아~ 그랬구나. 나는 그런 것도 모르고

오래간만이라고 인사라도 가려고 했는데, 그것이 아니구나
하는 생각이 들어 이 억울한 심정을 어떻게 풀어나가야 하나
종잡을 수가 없었다.

그래서 우리는 친척 집에 가지 않고 여인숙에 들어가 자기로
했다. 여인숙에 들어가 김밥 두 덩이를 사다가 어머니와
나누어 먹고, 우리 아버지는 억울하게 돌아가시고, 우리
어머니는 이 불효자식 얼굴이라도 한번 보실 마음으로 내가
광주교도소에 있는 4개월 동안 다섯 번을 광주에 다니며
면회 신청을 했다고 말씀하셨다.

## "봉택이는 이렇게 살아서 나왔는데, 당신은 무엇 때문에 죽었소!"

자식 얼굴 한번 보고 싶어서.

나 때문에 아버지가 자결하셨는데도 우리 어머니는 그래도
자식이라고 얼굴 한 번이라도 보고 싶어 내가 광주교도소에
있는 4개월 동안 광주교도소를 다섯 번이나 오셨단다.

그러나 면회 한번 못해보고 말았다. 교도소에 가서 우리 아들
얼굴 한 번만 보게 해달라고 사정하면 교도소는 법원으로
가보라고 하더란다. 법원 앞에 가서 우리 아들 한번 만나게
해달라고 왔다고 사정했지만 법원 안에 들어서지도 못하게
했단다.

기역자 한 글자도 모르는 어머니께서 어떻게 법원이나
교도소를 다섯 번이나 혼자 찾아다니셨는지 눈물이 난다.
어머니는 한 푼이라도 아끼려고 밤이면 여인숙에도 가시지
않고 교도소 앞 포장마차에서 날을 샜고, 법원에 가면 고구마
구워 파는 구루마 밑에서 그 추운 밤을 새우셨다. 자식 얼굴
한 번 보시겠다고 개야도에서 광주의 법원과 교도소를
다섯 번이나 왕래하셨다는데, 내가 무슨 큰 죄를 지었다고

면회 한 번을 시켜주지 않았을까?

아무런 죄도 없는 사람들을 잡아서 반공법을 뒤집어 씌워
놓고, 뒤가 구리니까 면회 정지를 시키지 않았나 하는 생각이
든다. 아무리 생각해 봐도 그렇다. 잔인하고 독한 놈들이다.
내가 자진하여 경찰서에 찾아간 날부터 광주교도소를 나온
날까지 무려 1년이 다 되는데 면회 한 번 해보지 못하고
출소를 했다. 이게 얼마나 화나는 일인가?

그렇게 여인숙에서 어머니의 사연을 듣다 보니 12시
통행금지 사이렌이 울렸다. 잠자리에 들었다가 아침 일찍
일어나 군산시장 골목에서 국밥 한 그릇씩 사 먹고 개야도
가는 객선을 타려고 객선 터미널을 갔는데, 사람들이 나를
보더니 인사도 없이 그냥 다 피하는 것이다. 나는 반가워서
인사하려고 하는데, '욕봤다' 하는 사람이 한 명도 없고
뭐 무서운 짐승을 본 것처럼 슬금슬금 나를 피해갔다.

그도 그럴 것이 그때는 '반공법' 그러면 살벌했다. 나 같은
사람한테 반갑다고 얘기하다가 혹시 신고나 들어가면 그냥
정보과에서 잡아 다 조지고 그랬으니까. 개야도 주민들 중에

반공법에 걸린 사람들이 많았고, 또 경찰서에 잡혀가 맞고
고문당하고 징역 간 사람들도 아주 많았다. 그러니까 우리
같은 사람은 상대를 안 해주는 것이다.

내가 받은 죄는 반공법 불고지죄지만, 사람들은 반공법으로
징역을 살았다고 하면 무조건 간첩질을 했다고 생각했다.
불고지죄가 뭔지 아는 사람이 몇 명이나 있었겠는가?

개야도에 도착하여 우리 집에 들어가니 아무도 없는 집에
아버지 제청만 덩그렇게 놓여 있었다. 아버지 제청 앞에서
나는 무릎팍을 꿇고 엎어져서 그냥 엉엉 울었다.

아버지 미안합니다. 그러나 왜 이렇게 돌아가셨습니까?
아버지!

옆에서 어머니는 다리를 쭉 뻗고 앉아서 "봉택이는 이렇게
살아서 돌아왔는데 당신은 무엇 때문에 죽었느냐"고 막
통곡하셨다.

그렇게 통곡하시던 우리 어머니를 생각하면 지금도 눈물이 안 나려야
안 날 수가 없습니다. 지금도 이 글을 쓰다 보니 내 가슴속에서

무엇인가 치밀어 올라와 답답한 마음에 눈물이 핑 도네요.

잠시 쉬었다 갑시다.

2월 15일은 내 생에 가장 큰 슬픔의 날. 나의 삶에서 무엇보다도 제일 큰 고통의 날이다. 세상에서 내가 가장 사랑한 분. 나를 가장 사랑한 분. 바로 내가 사랑한 나의 아버지가 내가 없는 곳, 하늘나라로 떠나신 날이니까.

어쩌면 좋을까? 망가진 몸과 마음 어찌하면 좋을까? 내 몸은 망가졌는데, 나를 때리며 고문하던 형사 놈들을 생각하면 지금도 이가 부득부득 갈린다.

가슴 아픈 내 사연을 누구한테 말하겠는가. 우리 진실의 힘 동지들은 이 속을 알 것이다. 진실의 힘 동지 여러분! 우리들이 한마음 한뜻으로 힘을 모아 살다 보면 좋은 날도 올 것이다. 용기를 잃지 말고 힘차게 살아보자. 이 글을 쓰다 보니 가슴이 울컥하여 또 눈물이 난다. 죽어서나 잊힐까, 살아서는 못 잊을 것 같다.

우리 각시 편복희
두리 엄마 편복희
꽃 중의 꽃 복희, 사랑하오!
2023. 9. 14   임봉태

임봉택, 박춘환, 유명록, 세 친구는 2009년 재심을 청구하여
2010년 6월 18일 전주지방법원 군산지원에서 무죄판결을 받았다.
검찰이 항소하고 또 상고했지만 법원이 모두 기각, 2011년 3월
대법원이 무죄판결을 확정했다. 그 뒤 수사기관의 불법 감금과 고문,
간첩 조작에 대한 국가의 책임을 묻는 소송을 제기했고, 선생들은
국가로부터 손해배상을 받아냈다. 세 선생 모두 "이런 일이 또 생기면
안 된다"는 마음으로 진실의 힘 설립에 적극 참여했다.
암으로 투병하던 박춘환 선생은 2023년 6월 11일 눈을 감았다.
유명록 선생은 여전히 배를 탄다. 임봉택 선생은 개야도에 살며
재단법인 진실의 힘 이사로 활동 중이다. (편집자 주)

# 기관장이 되어

교도소에서 나와 개야도라는 고향에 왔건만 나를 반겨주는
사람은 아무도 없었다. 사람들이 나를 보면 피해 다니니
도저히 개야도에서 살 수가 없었다. 내 몸은 너무나 망가져
객지에 나가 선원 생활도 할 수 없는 형편이었다. 교도소에서
지낼 때는 그렇게 아픈 줄 몰랐는데 집에 오니까 안 아픈
데가 없는 것이다. 섬에서 하루하루 지내는 것이 정말 지옥과
같았다. 차라리 이렇게 살라면 교도소 생활이 낫겠다는 생각이
들 지경이었다.

맞아서 골병이 든 데는 똥물이 좋다는 말을 들은 우리
어머니는 화장실에서 똥물을 퍼다가 걸러냈다. 그걸 독한
술하고 섞어서 한 사발을 꿀떡꿀떡 들이켜라고 하셨다.
지극 적성으로 돌봐주신 어머니 덕분에 한 달 정도 지나 몸이
좀 가벼워지는 것 같았다. 바로 군산으로 나와 배를 타려고
했지만, 반공법으로 징역을 살았다는 소문이 돌아 배를 태워
준다는 사람이 없었다. 그래서 아무도 모르는 목포로 내려가서
배를 타기 시작했다.

목포에서 1년 넘게 배를 타다 보니 너무 아파서 배를 탈 수
없었다. 어쩔 수 없이 군산으로 올라왔다. 목포에서 배를 타서

모은 돈으로 방 한 칸짜리 셋방을 얻어 살림을 차렸다.
그 셋방에서 보약도 해 먹으며 병원을 다녔다. 한 달 넘게 통원
치료를 다녔으나 잘 낫지가 않았다. 의사 선생님은 큰 병원에
가라고 하면서 젊은 사람이 몸이 너무 망가졌다고 했다.

돈은 없지, 애간장 타는 것은 우리 어머니뿐이었다. 애타고
답답해하던 어머니는 큰아버지를 찾아가셨다. 우리 식구를
보면 딴 곳으로 돌아가던 그 분을. 그 분한테 빌었단다.
조카 한 번만 살려달라고 비비 사정을 해서 돈을 빌려 오셨다.
내가 나으면 큰아버지 배를 타기로 약속을 했다.
그래서 개정동에 있는 예수병원에 입원하게 됐다.
한 달 넘게 입원했다가 몸이 조금 좋아져 퇴원했다.

바로 큰아버지 배를 타기 시작했다. 내가 병원에 있는 동안
우리 어머니는 할 일이 수없이 많은데 내 뒷수발 하느라고
개야도 집에는 자주 가보지도 못하니 집안 꼴은
또 엉망진창이 될 수 밖에 없었다. 아픈 나보다도 우리
어머니가 더 고생을 하셨다. 옛 노래에 천금을 주어도 못 사는
세월을 허송세월로 보내지 말라는 노랫말이 있는데, 나는
왜 허송세월로 살면서 우리 어머님의 애간장을 녹이는 불효

자식으로 살았을까 한참 후회가 된다.

큰아버지 배를 탄 지 2년 가까이 되던 어느 날이었는데, 그날도 식고미(바다에서 쓸 물건들)를 다 실어 놓고 기관장 오기를 기다렸다. 다른 배들은 다 출항을 했는데 기관장이 나타나지 않았다. 늦게서야 기관장은 남을 시켜 연락을 했는데, 자기 볼일이 끝나지 않아서 내일 출항하자는 것이다. 선주인 큰아버지는 화가 났다. 나보고 기관장을 하고 바다에 나가라는 것이다. "저는 아직 자신이 없다"고 말하니까, 옆에 있던 선장이 말하기를, "자네 하는 걸로 보아서 기관장 충분하니까 걱정 말고 바다에 나가자"고 했다. 나는 조금 걱정은 됐지만 선장이 그렇게 말하니까 그렇게 하기로 결정하고 출항하게 됐다.

기관실 남방(조수)을 오래한 경험이 있어서 바다에 나가서도 엔진에 아무 사고 없이 고기를 만선 잡아가지고 입항하니 선주인 큰아버지는 좋아라 하셨다. 나는 바로 기관장으로 승진했다.

기관장으로 승진은 했지만 기관장 면허가 없어 열심히

공부해서 한 달 만에 6급 기관장 면허를 받게 됐다. 면허를 따고 보니 아무런 거리낌 없이 기관장으로 어선을 탈 수 있었다. 기관장을 하면 예를 들어 선원들이 10만원을 벌면 나는 15만원을 벌게 되는 것이다. 그렇게 돈을 많이 벌어도 나는 저금한다는 생각은 아예 하지 않고 벌면 버는 대로 쓰고 다녔다.

글을 쓰다 보니 어느 책을 읽다가 본 〈어머니의 마음〉이라는 제목에서 본 글이 생각나 적어볼까 한다. 남편과 자식의 차이라는 것은 어떻게 말로 할 수 있는 것이 아니다. 남편은 없어도 살아가지만 자식이 없어지면 살아질 것 같지 않은 마음 그런 차이다. 자식과는 갈라서려야 갈라서지는 것이 아닌 법이다. 그건 피 나눔을 해서다. 이 말은 정말 뜻이 깊은 것 같다. 우리 어머니가 계시지 않았다면 내 망가진 몸과 마음을 고쳐 큰집 배 기관장이 되고 오늘날 이런 글이나마 쓸 수 있는 인간이 되지 못했을 것이다.

동백대교가 개통되고 나서 내가 구경삼아 동백대교를 걸어서 건너며 시 한 수를 지어봤는데 소개해 볼까 합니다.

전라도와 충청도를 이어 놓은 동백대교 아래 금강물은 하염없이 흐르고 덧없이 흘러가는 세월마저 따라서 흘러간다. 저 멀리 보이는 내 고향 개야도에 이 강물이 닿을 때면 지금까지 허송세월로 살아온 내 인생은 어디쯤 가고 있을까?

# 복희 씨와 첫 만남

그런 생활을 10년 가까이 하다가 지금 같이 살고 있는 아내,
두리 엄마, 편복희 씨를 만나게 됐다.

편복희 씨는 내가 기관장을 하던 배의 주인인 선주의 고향
'장고도'라는 섬에 살고 있던 섬사람이었다. 편복희 씨를 처음
본 것은 어느 날 저녁 선주 집에서였다. "우리 집에서 술이나
한잔하자"는 선주를 따라 선주 집으로 갔는데 처음 보는
어르신과 아가씨가 있었다. 선주 부인한테 누구냐고 물었더니
선주의 고향인 장고도에서 온 사람들이라고 했다. 아들이
군산에 와서 배를 타는데, 아들을 보려고 어머니가 군산에
오셨고, 그 아가씨도 동생 보러 따라왔다고 했다. 그 아가씨가
바로 두리 엄마가 될 편복희 씨였다. 조금 있으니까 복희 씨
동생이 우리 선주 집으로 왔다. 그리고는 세 식구가 서로
끌어안으며 안부를 묻고 즐거워했다.

그날 복희 씨를 처음 보았을 때부터 나는 딱 마음에 들었다.
어려 보였지만 야무지게 보였고 믿음이 갔다. 참 예뻐
보였다. 저런 여성을 만나 함께 살아보고 싶은 마음이 들었다.
어떡해서든 복희 씨 마음에 들도록, 복희 씨가 나를 좋아하게
만들고 싶은 생각이 간절했기 때문에, 두리 엄마와 그 가족을

설득하려고 대천, 광천, 장고도를 쫓아다녔다. 처남을 자주
만났고 장모님이 군산에 오시면 극진히 대접했다. 사실은
두리 엄마보다 우리 장모님이 나를 먼저 좋아해 주셨다고
생각한다.

그날 우리 선주는 그런 내 마음을 알고 장모님에게
"우리 기관장이 복희를 좋다고 해서 소개해 주려는 데
어머니 생각은 어떠냐"고 물었다. 복희 씨는 고개만 숙이고
아무 말도 하지 않았다. 나는 그 틈을 타서 복희 씨 동생한테
"처남, 누나만 잘 소개해 주면 한턱 크게 쏠게!" 했더니
그 자리는 웃음바다가 됐다. 밤 11시가 다 되도록 놀다가
선주 집을 나오면서 어머님께 "다음에 군산 오실 때,
꼭 따님 좀 데리고 오시라"고 말씀드렸더니, 어머님은
기분 좋은 얼굴로 "내 마음인가, 저 애 마음이지" 하셨다.

바다에 나가 한 사리를 지내고 육지에 돌아와 처남이 탄 배로
찾아가 물어보니 이번에는 어머니가 바빠서 올 수가 없고
다음 번에 오신다고 했다. 그래서 또 한 사리를 바다에 나갔다
왔는데 이번에는 어머니는 오셨는데 누나는 오지 않았다고
했다. 광천에 있는 큰아버지 댁에 일이 많아서 도와주러

갔다는 것이다.

나는 처남을 데리고 광천 큰아버지 댁으로 찾아갔다. 어떻게
해야 복희 씨를 군산으로 데리고 나올 수 있을까 고민한
끝에, 처남 하는 말이 "어머니가 아프다고 하면 될 것 같다"고
했다. 다리를 다쳐 부축해 줄 사람이 없어 걷기가 힘들다고
하면 누나가 올 것이라는 것이었다. 큰아버지 댁으로 가서
나와 처남은 거짓말을 해서 복희 씨를 군산에 데려오는 데
성공했다. 그런데 어머님께서 다리를 다치기는커녕 맨발로
뛰어나오시며 우리를 반겨 주시니 복희 씨는 어이가 없다는
듯 처남과 나를 번갈아 쳐다봤다. "두 사람이 배타지 말고
사기나 치고 다니면 꼭 맞겠다!"고 하면서 웃어버렸다.
셋이서 군산 시내 구경을 하며 돌아다녔다. 복희 씨의 눈치를
보니 나한테 전혀 호감이 없는 것은 아닌 것 같았다. 나는
헤어지기가 섭섭했다. 복희 씨에게 "나는 당신이 굉장히
마음에 드는데, 나랑 결혼해 줄 수 있겠는가" 물었지만 답을
듣지는 못했다.

처남하고는 가끔 만나 술을 마시며 회포를 풀었지만, 한 달이
넘도록 장모님과 복희 씨는 군산에 오지를 않았다. 그래서

나는 복희 씨를 만나기 위해 장고도를 찾아가기로 했다.

장고도는 안면도 아래에 있는 섬인데, 거기를 가려면 군산에서 버스를 타고 대천으로 가서, 택시를 타고 대천 어항에서 내려 배 시간에 맞춰 객선을 타고 한 시간쯤 가야 했다. 처남한테 같이 가자고 했지만, 할 일이 많아서 갈 시간이 없다고 했다.

## "복희 씨 보려고 여기까지 왔습니다!"

나는 붕 뜬 마음으로 혼자라도 장고도에 갔다 오기로
결정하고 장인어른이 술 좋아 하신다기에 좋은 양주 몇 병과
안주할 것 좀 사서 가방에 넣었다. 듣자 하니, 장고도에는 친구
애인이 오면 여자친구들이 몰려와 남자친구를 다루는 풍습이
있다고 한다. 나는 옳다! 주정 공장에서 나오는 술 원료 주정
한 병과 소화제 까스명수(주정을 양주 같은 색으로 변하게 하는
용도) 몇 병을 사서 가방에 넣고 용돈 넉넉하게 챙겨 가지고
대천 가는 버스를 탔다.

대천에 도착해서 택시를 타고 대천항 여객 터미널에서
장고도에 들어가는 여객선을 탔다. 장고도에 도착하니 오후
4시쯤 됐을 거라고 생각이 든다. 복희 씨 집을 물어물어
찾아서 들어갔더니, 복희 씨 어머님이 나를 보고 깜짝 놀라며
반가워하셨다. 복희 씨는 아버지와 함께 염전에 가서 일하고
있다고 했다. 복희 씨 막내 동생을 따라 염전에 갔더니, 대여섯
명이 포대에 소금을 넣고 있었다. 막내 동생한테 아버지가
누구냐고 물었더니 수염이 덥수룩하고 인상이 별로 좋아
보이지 않는 어른이 아버지라고 했다. 그래도 어떡하겠는가.
일단 부딪혀 보자는 마음으로 소금 창고에 들어 갔더니,

증언치유 프로그램인 "진실의 힘 마이데이"에서 두리 엄마, 아내 편복희와 함께.
2011년 1월 22일.

복희 씨가 나를 보더니 깜짝 놀라며,

"아니, 이게 어쩐 일이데유?"

사람들의 시선이 나한테 집중되었다. 그러거나 말거나 나는
공손히 인사하며 말했다.

"복희 씨 보려고 여기까지 왔습니다."

제가 도와드리겠다고 하면서 옆에 있던 장화를 신고 삽을
들고 나섰더니 복희 씨 아버님, 그러니까 장인어른이 나를
보고 빙긋이 웃으시며 "이 사람아~ 일은 그만두고 집으로
가자"고 말씀하셨다. 나는 "저 때문에 일을 끝내면 안 된다"고
하면서 복희 씨에게 소금 포대를 잡게 하고, 부지런히 소금을
포대에 퍼 담기 시작했다. 염전에서 내가 일하는 것을 본 어떤
분이 말씀하시기를, "아니, 애인을 보러 왔으면 복희나 데리고
갈 것이지 처갓집 일해 주러 왔남?" 하셨다. 나는 "예. 어르신.
아직은 처갓집은 아니고요. 장인어른한테 결혼 허락도 받고
복희 씨도 보고 싶고 해서 겸사겸사 왔습니다" 했더니, 소금
창고 안은 웃음바다가 되어 버렸다.

그렇게 분위기 좋게 일을 하고 있는데 복희 씨 아버님이
말씀하시길, "야 복희야. 너는 일을 그만하고 이 사람 데리고
집에 들어가라"고 하셨다. 우리 둘은 집으로 들어왔다.

장모님은 일하느라 땀이 났으니 목욕하라며 물을 데워 주셨다.
목욕을 하고 장인어른 오시기를 기다리는데, 복희 씨 언니들이
오셔서 나를 반겨주었다. 장인어른이 오셔서 저녁 식사를
하는데, 내가 가지고 간 양주를 마시며 큰 동서까지 와서
분위기 좋게 식사를 했다. 그런 과정을 거쳐 장인어른한테
결혼 허락을 받게 됐다.

그날 밤 복희 씨 친구들이 예상대로 나를 다루어 보겠다며
집으로 온다는 연락이 왔다고 어떻게 하면 좋겠느냐고 복희
씨가 물었다. 나는 얼싸 좋다, 될 수 있으면 많이들 왔으면
좋겠다고 했다. 복희 씨는 나를 보고 술 너무 많이 먹고
실수하지 말라고 당부까지 하였다. 처갓집 아랫방에 복희 씨
친구들이 하나둘씩 모이기 시작했다. 나는 분위기를 살리기
위해서 맥주도 박스로 가져오고, 과자나 빵 같은 것도 박스로
가져오라고 복희 씨 동생에게 부탁하고 분위기를 띄우기
시작했다. 복희 씨 친구들이 다 모인 자리에서 나는 "군산에

사는 임봉택"이라고 소개하고 술을 권했다. 생각해보라,
양주가 삼분의 일쯤 남은 병에 8, 90퍼센트가 되는 술 원료
주정을 부었으니 얼마나 독했는가를! 목구멍에 잘 넘어가지
않을 정도로 독했다. 우리는 그렇게 서로 기분 좋게 술을
마시고 얼큰하게 취했다. 나도 술을 많이 먹어 취하는 바람에
어른들한테 인사도 못하고 곯아떨어지고 말았다.

아침 일찍이 누가 "군산 애야~ 군산 애야~" 부르는 소리가
나길래, 벌떡 일어났다. 장인어른이 해장국을 끓였으니
속풀이하자며 나를 깨우신 것이다. 나는 그때서야 옷을
주섬주섬 찾아 입고 밖으로 나와 장인어른께 고맙다고
인사하고 장인어른과 함께 해장으로 한 잔씩을 했다. 해장을
하고 나서 장인, 장모님을 모시고 방으로 들어가 복희 씨랑
결혼을 승낙해 주시면 복희 씨와 평생 사랑하며 행복하게 살
자신이 있다고 말씀드렸다.

출항 준비를 위해 나는 군산으로 돌아왔다. 바다에서 십여
일을 보내고 돌아오니 복희 씨 어머님이 군산에 오셨다.
어머님은 나를 보고 빙긋이 웃으시며, "진작시들 자네가
복희 신랑감으로 마땅하다고들 생각했으니께 살림할 집이나

장만해 봐" 하셨다. 나는 "어머니 고맙습니다!" 넙죽 인사를
드렸다.

우리가 결혼식을 올린 날은 지금도 잊지 않고 있다. 1983년
11월 29일이 우리가 결혼한 날이다. 나는 복희 씨와 동거
생활을 시작하면서부터 돈을 벌기 무섭게 아까운 줄 모르고
쓰고 다녔던 마음부터 단단히 고쳐먹고 저축을 시작했다.
친구들과 하루가 멀다고 마시고 다니던 술도 차츰차츰
줄여가며, 배 일이 없으면 집으로 들어가니 복희 씨는
물론이요, 우리 어머니는 얼마나 좋으신 지 덩실덩실 춤을
추고 싶다고도 하셨다.

그렇게 안강망 어선 기관장을 하면서 바다 생활을 하는데
그때는 어떻게 돈도 잘 벌리는지 사리 때마다 복희 씨에게
갖다 주고 저축도 하며 돈이 제법 늘어나기 시작했다. 나는
배 일을 하기 때문에 한 달이면 일주일 정도나 육지 생활을
하는데, 복희 씨가 살림을 도맡아 모든 것을 차곡차곡 쌓아
올리는 걸 보며 정말 뿌듯한 마음이었다. 복희 씨랑 살면서
모든 것이 안정되었다. 어머니는 복덩이가 들어왔다고
좋아하셨다. 그렇게 3년이 넘도록 모은 돈으로 군산시

문화동에 있는 새로 지은 20평짜리 슬라브 집을 사서 내
문패가 붙은 집에 살게 되었다. 집을 사고 나니 첫째는 집주인
눈치 볼 것 없고, 밤 늦도록 친구들과 모여서 술도 같이 마시고
대화를 한들 누가 시비할 사람도 없으니 마음 편하게 살 수
있었다.

# 우리 두리 육아일기 중에서

두리는 1989년 7월 27일 오후 5시30분에 태어났다. 몸무게는
4kg 정도였다. 태어난 지 일주일쯤 지나서부터는 우유를 100cc
먹는 대식가였다.

**8월 30일.**
요즈음은 어르면 잘 웃는다. 태어나서 아직까지는 설사 한
번 하지 않고 잘 먹고 잘 자라주니 마냥 즐겁다. 부디 아픈 데
없이 잘 자라다오, 두리야.

**9월 11일.**
두리가 처음으로 외할아버지 제사도 볼 겸, 할머니 삼촌
이모들도 볼 겸, 외갓집을 가려고 개야도에서 군산 나가는
배를 탔다. 두리는 배를 타든 차를 타든, 타기만 하면 곤하게
자는 버릇이 있어 좋다. 충남 보령군 오천면 장고도에
도착하여 외갓집에 들어가니 순하고 예쁘다고 대 인기를
얻었다. 엄마가 안아줄 사이도 없이 외갓집 식구들 품에
있다가 올 정도로 인기가 좋았다.

**9월 25일.**
요즈음은 두리가 고개를 어느 정도는 이기는 것 같다. 전에는

업어주고 싶어도 고개가 너무 젖혀져서 못 업어주었는데
요즘에는 그렇지 않다.

**10월 1일.**
오늘은 두리네 막내 삼촌도 개야도에 와 있다. 오늘 아침엔
두리가 똥을 싸면서 끙끙대며 힘주는 것을 보고 온 집안 식구가
한바탕 웃었다.

**10월 10일.**
오늘은 두리가 기분이 좋은지 아침 일찍부터 소리 내 웃으며
서둘러 댄다. 요즈음엔 제 주먹을 마구 빨아대는 짓을 한다.
뽀글뽀글 웬 게 거품 같은 걸 그리 많이 내놓는지 알 수가 없다.

**10월 16일.**
오늘은 바람이 많이 불어 아빠가 바다에 나가지 못했다. 그래서
오늘은 엄마가 바닷가로 굴 따러 간 대신에 아빠가 엄마 대신
우리 두리를 보았다. 우리 두리는 젖만 배불리 먹여주면 잘 자고
잘 노는 아이니까 걱정이 없다.

**10월 24일.**
요즘은 두리가 너무 많이 먹으려고 해서 걱정이다. 젖을 너무

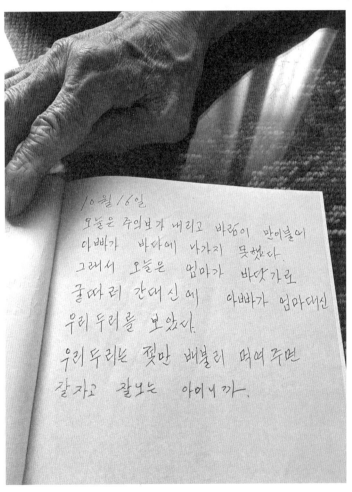

10월 16일
오늘은 주의보가 내리고 바람이 많이불어
아빠가 바다에 나가지 못했다.
그래서 오늘은 엄마가 바닷가로
굴따러 간대신에 아빠가 엄마대신
우리두리를 보았다.
우리두리는 젖만 배불리 먹여주면
잘자고 잘노는 아이니까.

지금껏 간직하고 있는 두리 육아일기. 바다에서 일하고 들어온 밤이나 새벽에 썼다.

많이 먹으면 몸에도 좋지 않다는데 자꾸 먹으려고만 한다.
소화불량이라도 되는 날엔 어떡하느냐고 엄마는 걱정이다.

**10월 30일.**
오늘은 우리 두리 때문에 두리 엄마와 입씨름을 했다.
바다에서 작업을 하고 돌아와 보니 두리 얼굴에 손톱자국이
생겼다. 두리가 제 손톱으로 제 얼굴을 할퀸 것이다. 그래서
두리 손톱을 잘라주지 않았다고 내가 두리 엄마를 나무랐기
때문에 입씨름을 한 것이다.

**11월 5일.**
오늘은 우리 두리가 태어난 지 백일 되는 날이다. 음식도
변변치 못하게 준비했는데 여러분들이 오셔서 축복해 주니
매우 반갑다. 돌 반지가 다섯 개, 옷이 몇 벌, 우유 같은 게
많이 들어왔다. 두리네 이모들은 대천에서 군산까지 왔다가
폭풍주의보 때문에 개야도에 들어오지 못하고 그냥 돌아갔고,
두리네 작은 아빠, 고모, 오빠들은 개야도에서 나가지 못하고
하루 저녁 더 자고 나가야 할 형편이다.

**11월 15일.**

두리가 오늘부터 우유에 이유밀(분유)을 섞어서 먹기
시작했다. 우유만 먹이던 꼭지가 이유밀을 합치니 잘 나오지
않아서 두리는 투정을 부린다. 꼭지 구멍을 키워 줘야겠다.
두리는 먹는 데는 누구한테 뒤떨어질 식성이 아닐 것이다.
워낙 잘 먹으니까.

**11월 18일.**

요즈음엔 두리가 엄마를 알아보는지 엄마만 보면 더 좋아한다.
두리 엄마는 좋아서 싱글벙글한다.

**11월 27일.**

요즈음엔 두리 엄마가 두리를 안고서는 얼마 있지를 못한다.
워낙 잘 먹고 건강하니까 두리가 무거워서 주체를 못하는
것이다. 그래서 요즈음엔 업고서 일할 때가 많다.

# 해태 어장의 실패와 완파된 우리 배 성덕호

결혼하고 아무런 걱정없이 잘 살고 있던 1988년 어느 날 저녁,
큰 매제의 친구가 찾아왔다. 해태 어장을 하면 큰 돈을 벌 수
있을 것 같다며, 자기가 어장을 준비하는 돈은 댈 테니까,
해태해서 돈을 벌면 자기 돈을 갚아주는 조건으로
가부시끼(합작)를 하자는 것이었다.

나는 그 말을 듣고 귀가 솔깃했다. 머나먼 동지나해까지
나가 작업을 한다는 것이 얼마나 위험한 일인지, 직접 배를
타고 나가서 작업해 보지 않은 사람은 상상도 못 할 고달픈
작업이었다. 그러나 해태 어장은 하루에 몇 시간씩만 바다에
나가서 작업하고 돌아오면 집에서 쉴 수도 있는 작업 아닌가.
또 어장 준비에 들어가는 돈을 당장 내놓지 않아도
되고, 벌어서 갚으라는 조건이기 때문에 내 생각에는 땅 짚고
헤엄치기 식이라는 생각이 들었다.

그래서 그때까지 타고 다녔던 복용호 선주를 찾아가 말하고
20여 년 만에 안강망 기관장을 끝내고 말았다. 그때가 1988년도
6월 중순쯤으로 생각된다. 나는 7월 달부터 섬에 들어가 해태
어장을 준비했다. 처음 해보는 일이라 여수 해태 어장 기술자를
60만 원의 월급을 주고 데려왔고, 수산대학 증식과를 나왔다는

학생을 40만 원 월급을 주기로 했다. 선원 2명을 더 얻어 나까지 5명의 선원이 해태 어장을 시작한 것이다. 선원들 먹고 재울 곳이 없어 우리 형님네 창고에 방을 만들어 숙식을 제공하기도 했다. 그렇게 수천만 원의 돈을 들여 어장을 시작했으나 돈을 벌기는커녕 일 년을 힘들게 작업해서 선원들 월급 주고, 복희 씨는 복희 씨대로 5~6명이나 되는 선원들 밥해 먹이고, 또 재워주고 나면 남는 것은 빚과 무지한 고생뿐이었다.

그렇게 5년 넘게 어장을 했으나 돈 한 푼 제대로 벌지 못하고, 빚 때문에 문화동 집까지 팔아야 했다. 집까지 팔아 빚을 갚고 나니, 내 자신이 해태 어장으로는 돈벌이는 틀렸다는 생각이 들어 어장을 시작할 때 들어간 돈 반도 못 받고 남에게 팔아 버리고 말았다. 5년 넘게 죽을 고생 다하면서 돈은 벌지 못하고 집까지 팔아먹은 신세가 되고 말았다.

다시 군산으로 나가 안강망 기관장을 해 보려는 생각도 해 봤지만 내 자존심이 허락하질 않았다. 그래서 조금 남은 돈으로 5톤짜리 〈성덕호〉라는 배를 샀다. 새우잡이 어장을 시작했으나 그 어장 역시 돈벌이가 신통치 않아 선원 두 명 월급 주고 나면, 나는 겨우 목구멍에 풀칠할 수 있을 정도일 뿐이었다.

그러나 어쩌겠는가? 인생은 속아서 한 세상을 산다는 말과
같이 언젠가는 고기를 많이 잡아 집 한 채라도 살 수 있을
것이라는 기대감을 가지고 열심히 작업을 했다. 그런데 이게
웬일인가. 태풍이 온다는 방송을 듣고 개야도에서 작업하는
어선들은 너나 할 것 없이 선착장에 단단하게 묶어 정박해 놓고
태풍이 지나가기를 기다렸는데, 그 다음 날 새벽 두세 시부터
불기 시작한 태풍이 얼마나 세게 불었던지 선박들을 단단히
묶어 놓았던 줄들이 다 끊어져 어선끼리 부닥쳐서 부서지고,
떠다니다 돌에 부딪쳐 완파되고 말았다. 배가 부서지는 것을
뻔히 보면서도 워낙 파도가 높기 때문에 어떻게 손써 볼 형편이
되지 못했다.

태풍이 온다는 방송을 듣고 군산으로 피항한 배 몇 척을
제하고는 개야도에 있던 배들은 거의가 반파 아니면 완파였다.
우리 배는 반대편 방파제로 떠밀려 가 어장 하나 쓸 수 없도록
완파되고 말았다. 인생 살면서 마음 한번 잘 못 먹으면
나 같은 신세가 된다는 것을 뼈저리게 느꼈다. 정말로
기가 막힐 일이었다.

# 15년 넘도록 둘이서 파도를 헤치며

그러나 어쩌겠는가? 태풍으로 어선이 완파됐다고 하여
정부에서 보조금을 조금 받았지만, 큰 배는 짓지 못하고
플라스틱으로 1.8톤짜리 조그마한 배를 지었다. 엔진 20마력을
부착하여 부부간에 주꾸미 어장을 하고 가을에는 꽃게잡이
어장을 하니, 그럭저럭 돈은 조금씩 벌었으나 몸이 너무나
고달팠다. 새벽 3시에 일어나 찬물에 밥 한 덩이씩 말아
먹고 바다에 나가, 다섯 시간 내지 여섯 시간 정도 작업해서
잡은 고기를 싣고 개야도에 돌아와 상고선(장사배)에 팔았다.
바다에서 어장 사고가 없다면 잠시나마 집에 돌아와 쉴 수
있지만, 그렇지 못한 날은 고기를 판 즉시 또 바다에 나가
어장을 고쳐야 집에 들어올 수 있기 때문에 요새 말로 하자면
너무나 고달픈 인생이었다.

그러한 생활을 몇 년 하다 보니 주꾸미 어장이나 꽃게잡이
어장보다 통발 어장을 하면 돈을 더 벌겠다는 생각이 들었다.
통발 어장이란 통발 안에 고등어나 정어리 같은 미끼를
넣어 바다 속 바위 틈에 넣어 두는 것을 말한다. 그 다음 날
새벽부터 나가서 작업을 하는데, 돌게, 붕장어, 우럭, 놀래미,
낙지 외에도 여러가지가 많이 잡혔다. 주꾸미 어장과 꽃게

어장을 끝내고 통발 어장을 시작하게 되었다.

15년 넘게 부부간에 밤낮을 가리지 않고 통발 어장을 하다
보면 서로 뜻이 안 맞아 싸울 때도 가끔 있지만, 고기가 많이
잡히고 바람이 불지 않으면 즐거울 때도 많이 있었다.
밤 11시나 12시에 바다에 나가면 밤새도록 작업을 하고,
이튿날 아침 6시에서 9시 사이에 개야도 항에 돌아와
상고선에 고기를 팔고, 집에 오면 9시나 10시가 된다. 그렇게
밤잠을 자지 못하고 작업을 해왔으니, 나는 그런다 셈치고
두리 엄마는 15년이란 세월을 고달픈 야간 작업과 파도를
겪으면서 어장을 해왔으니 그 몸이 성할 리가 있겠는가? 주로
야간 작업을 하기 때문에 위험할 때가 한두 번이 아니었다.

어느 날 저녁, 고기가 많이 잡혀 기분 좋게 작업을 하던
중이었다. 나는 운전대를 잡고 두리 엄마는 통발을 바닷물에
던지는데, 두리 엄마 발이 통발 줄에 걸려 통발이랑 함께 그냥
물속으로 탁 빠지는 것이었다. 순식간에 당한 일이라 나도
당황하여 허둥대다가 우선 엔진을 스톱하고 두리 엄마 쪽으로
달려갔다. 두리 엄마 옷을 단단히 거머쥐고 배 위로 올리려고
있는 힘을 다해 잡아당겼지만, 발목에 걸린 줄이 풀어지지

앓아 올릴 수가 없는 것이다. 칼이 있어야 걸린 줄을 끊을 수 있는데, 내가 칼을 가지러 가는 동안에 두리 엄마가 잡고 있는 배를 놓치면 그대로 통발 줄에 끌려 바다로 들어가면 죽는 것이다. 통발은 물이 차서 가라 앉아 있으니까 얼마나 힘이 셀 것인가? 그러니 내가 잡고 있는 두리 엄마 옷을 놓을 수 없는 노릇이니 미쳐 죽을 일이 아니겠는가?

나는 아이고 아이고 막 울면서 두리 엄마한테 "자네가 잡고 있는 곳을 놓치면 죽으니까, 내가 칼을 가지고 올 동안만 단단히 잡고 있으라"고 이르고 재빠르게 칼을 가지고 왔다. 두리 엄마는 간당간당 배를 놓치지 않고 간신히 견디고 있었다. 나는 "두리 엄마, 단단히 잡아!" 소리치며 얼른 물 속으로 뛰어 들어가 두리 엄마 발목에 걸린 줄을 끊어버렸다. 물속에서 끌어당기던 통발 줄이 끊어지니, 두리 엄마를 손쉽게 배 갑판 위로 끌어 올릴 수 있었다. 내외 간이 끌어안고 한참이나 눈물을 흘렸다. 와, 그때를 생각하면 아찔하다. 두리 엄마가 지금도 다리가 아파 절룩거리거나 어깨가 아파 무거운 것을 들지 못해 쩔쩔매는 것을 보면 내가 말은 안 하지만 가슴이 짠할 때가 많다.

15년 넘게 두리 엄마와 함께 바닷일을 했는데, 그때를 생각하면 지금도 마음이 안쓰럽다. 내가 어리석은 판단을 하지 않았다면 두리 엄마가 그 고생을 하지 않았을 것이다. 그렇게 바다 위에서 함께 죽을 고비를 몇 번씩 넘기며 살아왔다.

# 돌게 통발 10kg이 벌금 100만 원

그런데 통발 어장을 처음 시작할 때는 허가를 못 받았기 때문에 불법 어장을 하게 되었다. 허가 없는 어장을 하다 보니 지도선이나 경비정이 바다에 나타나면 도망 다니기 일쑤였다. 그렇게 불안한 어장을 하다가 하루는 어업지도선 경비정한테 걸리고 말았다. 꼼짝 못하고 본선(지도선)으로 끌려가 불법 어장을 했다는 조서를 써야 했다. 조서를 쓰고 며칠 지나지 않아 목포 검찰청에서 연락이 왔다.

그 안에는 기가 막힌 내용이 들어 있었다. 통발로 돌게 10kg정도를 잡았는데, 그것은 부정 어업이기 때문에 60일간 어업 정지, 200만 원 벌금, 900만 원 영어자금(수협이 어민에게 낮은 이자로 빌려주는 자금) 쓴 돈까지 다 갚지 않으면 연체 이자까지 내야 한다는 것이다. 부정 어업 한 번 했다는 이유로 이렇게 무거운 형을 내리다니! 법이라는 게 이렇게 잔인하고 무섭다니 너무나 억울했다. 그래서 목포 검찰청 장욱환 검사에게 편지 한 장을 썼다.

장욱환 검사님께 드립니다.
저는 13살 때 개야도 초등학교를 졸업하고 배를 타기 시작하여 50년을 넘게 바다에서 벌어 먹고 사는 어부입니다. 저는 지금까지 배를 타면서 부정 어업 단속에 처음 걸려 봤습니다. 수산업법이라는 게 이렇게 잔인하고 무서운 법이라는 것을 처음 알았습니다.

선원 한 명 쓸 돈이 없어, 65세의 나이에 2톤도 못 되는 어선으로 마누라를 싣고 바다에 나가 꽃게를 잡아 생활하고 있습니다. 그런데 꽃게 잡는 기간이 너무나 짧습니다. 왜냐하면 5월에서 6월까지 작업을 하는데, 작업하는 날은 잘해봐야 3~40일 밖에 못하고, 번다고 해야 2~300만 원 정도입니다. 그리고 7월부터 8월까지 금어기라서 작업을 못합니다. 9월 한 달 작업하면 10월부터는 꽃게가 연안에서 근해어장 먼 바다로 빠져나갑니다. 2톤도 못 되는 어선으로는 꽃게를 따라서 먼 바다까지 나갈 수가 없습니다. 그래서 먼 바다까지는 갈 수 없는 형편이라 연안에서 잡히는 돌게 통발 몇 개로 돌게 10kg을 잡았던 것입니다.

그게 수산업법 위반이라니 할 말은 없습니다만, 부정 어업을 못하게 하는 것도 좋으나 우리 형편으로는 부정 어업을 하지 않으면 굶어 죽으란 말입니까? 통발 몇 개로 돌게 10kg을 잡았다고, 60일 어업정지에 200만 원 벌금, 그리고 자망(닻이 달린 그물을 바다 속에 수직으로 길게 쳐 놓고 고기를 잡는 방법)할 때 받은 영어자금 900만 원까지 다 갚지 않으면 연체 이자까지 내야 한다니 이걸 어찌해야 좋겠습니까? 900만 원 영어자금은 고사하고 벌금 200만 원도 어떻게

해 볼 방법이 없습니다. 작업해서 돈 버는 어선을 두 달씩이나 어업
정지시켜 놓고 벌금까지 내라고 하니, 너는 부정 어업을 했으니 굶어
죽으라는 것입니까? 해도 해도 너무한 것 같습니다. 법에도 인정이라는
것이 있다고 들었습니다. 이 사람 형편이 이러하니 부디 잘 살펴 주시기
바랍니다.

이러한 탄원서를 보냈더니, 돌아온 답변은 억울하면 항소하고
서류는 이미 법원으로 넘어갔다는 것이었다. 그래서 목포
법원까지 내려가 재판을 받게 됐는데, 판사 앞에서도 사정을
이야기해 봤으나, 판사 답변은 50년을 넘게 어업을 했어도
부정 어업 전과가 없으니, 정상을 참작하여 벌금 200만 원에서
100만 원을 깎아준다는 것이었다.

참 기가 막힐 일이 아니겠습니까? 정상을 참작한다는 것이 고작
돈 100만 원 깎아주는 것이라니! 배우지 못하고 돈도 없고 빽도 없는
인생이 항소해 본들 뭣하겠습니까?

그래서 모든 것을 포기하고, 남의 빚을 얻어 영어자금과
벌금까지 해결하고, 어업을 60일 정지시켜 놨기 때문에 우리
배로는 어업을 못 하고 남의 배를 한 달 넘게 타기도 했다.

지금도 대한민국의 수산업법은 그렇게 진행되는 걸로 알고
있다. 국회의원을 비롯한 판·검사들은 어민들의 이러한
사정을 잘 참작해 주시기 바란다.

그럭저럭 우리 배 계류기간이 풀리고 나서는, 남의 어선 통발
허가를 법으로 임대계약을 해서 통발 어장을 마음 놓고 할 수
있었다.

# 가난하지만, 나는 부자다!

통발 어장을 가지고 어장을 시작하니 첫째는 마음 놓고
어장을 할 수 있었다. 허가장이 없을 때는 어업지도선이나
경비정이 떴다 하면 걸리지 않으려고 어장을 바다에 버리고
도망쳐야 했다. 하지만 허가가 있으니 마음 놓고 고기도 잡고,
스트레스를 받지 않고 편안한 마음으로 어장을 할 수 있었다.
그렇게 고생해서 모은 돈으로 우리 딸 중학교를 보내기 위해
군산에 아파트 한 채를 마련했고, 몇 년 후에는 개야도에 집을
지어 살게 되었다.

나는 열세 살부터 시작해 칠십이 넘도록 배를 탔다. 그런데
바다 생활을 20여 년을 넘게 하다 보니 우리 부부의 몸은
만신창이가 되고 말았다. 나는 둘째로 치고, 우리 두리 엄마
고생한 걸 생각하면 정말 미안하다. 그래서 나는 마음먹었다.
그저 늙어 죽을 때까지 돈만 벌다가 병이 들면 다 무슨
소용인가? 이제 일손을 내려놓고 모든 어장을 그만 두자!
일손을 놓을 뿐만 아니라 돈에 대한 마음마저 모두 비우자.

그리고 그렇게 노력하고 있다. 돈이 많아서가 아니다. 부라는
것은 생각하기 나름이다. 돈을 많이 번다고 해서 부자가 되지
못한다. 부자가 됐다고 해서 행복해지는 것도 아니다. 부는

삶의 목적이 아니라 도구다. 돈이란 아무리 많이 번다고 해도
만족을 느낄 수 없는 것이고, 이제 그만 벌어도 된다며 마음을
비우고 사는 사람은 별로 많지 않다고 생각한다. 내가 일손을
놓은 것은 돈이 많아서가 아니고, 욕심을 버리고 마음을
비우고 싶어서다. 좋아하는 것 찾아 다니고, 젊어서 못 읽은
책도 읽고, 부부지간에 건강을 더 챙겨주고 싶다. 서로가
더 많이 이해하고 사랑하며 사는 것이 우리 인생의 행복이
아니겠는가?

나 자신은 누구 못지않은 부자라고 생각하며 살고 있다.
왜냐하면 시간에 쫓기지 않고 남의 눈치 볼 것 없고 내가 하고
싶은 것 하며 살고 있으니, 이것이 부자 아니고 무엇이겠는가?

# 배움의 길

나는 젊어서부터 책 보기를 좋아한 편이었다. 바다에 나갈 때는 잡지나 소설책을 몇 권씩 사서 나갔다. 작업이 끝날 때나 항해하는 시간에 책을 많이 보는 편이었다. 그런데 한 달에 두 번씩 사는 책값도 만만하지 않았다. 그래서 생각해 낸 것이 신문을 보기로 했다. 내가 바다에 나가면 집으로 오는 신문을 차곡차곡 모아두었다가, 바다에 나갈 때 그 신문을 가지고 가서 보기 시작했는데, 그 일이 일거이득이 될 줄 누가 알았겠는가. 왜냐하면 책값도 책값이지만, 한 달이면 20일이 넘게 바다 생활을 하는데 이 세상이 어떻게 돌아가는지 뉴스가 아니면 알 길이 없었다. 그런데 신문을 보면서 세상 돌아가는 것을 조금씩이나마 알게 되니 일거이득이 아니겠는가?

내가 어릴 때는 아무런 계획도 없이 떠돌아다니면서 벌면 버는 대로 써버렸는데, 편복희 씨, 두리 엄마를 만나 함께 살면서 살림살이를 알게 됐고, 또 돈이 필요하다는 걸 조금씩 알고 살게 되었던 것 같다.

나는 책을 보면서 내 눈에 쏙 들어오는 글이 있으면 필기를 해 놓았다가 다시 찾아 읽어보는 편이다. 그래서 우리가 이 세상을 살아가면서 이 글을 읽고 조금이나마 보탬이 될 수 있기를 기대하며 몇 대목 적어볼까 한다.

**사람은 간절한 목표가 있어야 답답함이 생깁니다.**

간절한 꿈이 있어야 달성할 방법을 찾습니다. 분명한 비전이 있어야 스스로 애쓰게 됩니다. 그래야 비로소 자기 계발이 가능해집니다. 당신이 아니고 내가 좋아하고 내가 원하는 걸 선택할 때 비로소 간절함이 생기고 간절함이 있어야 진정한 자기 계발이 가능해집니다.

**화날 때는 한 템포 쉬어야 합니다.**

분통이 터지는 일이 생겼을 때 잠깐 멈췄다 갈 수 있는 사람이 진짜 강한 사람입니다. 좋은 기분에 한 번 참는 건 누구나 가능한 일이지만 화났을 때 한 번 더 참는 건 누구나 할 수 있는 일이 아니기 때문입니다. 문제는 그 중간 지점에서 발생합니다. 참기 어려운 경계점에 이르렀을 때 잠깐 멈출 수 있는 사람과 멈출 수 없는 사람의 차이는 백지 한 장 차이도 안 되지만 그 결과는 천당과 지옥의 차이입니다. 그러니 한 번 지르고 지옥의 괴로움을 당할 것인가, 한 번 참고 천당

분위기를 만들 것인가를 잘 생각하여 선택해야 합니다.

사랑한다고 말할 걸 그랬지.

떠나보낸 연인을 잊지 못하고 있는 사람이 많이들 있을 거라고 생각합니다. 그래요. 과거가 있는 사람이라면 그런 생각 한번 해보지 않고 살아간다면 그것은 아마도 거짓말이 아닐까요? 그래서 신중현 작사, 작곡인『님은 먼 곳에』라는 노래 가사를 써봅니다.

사랑한다고 말할 걸 그랬지, 님이 아니면 못 산다 할 것을. 사랑한다고 말할 걸 그랬지, 망설이다가 가버린 사람. 마음 주고, 눈물 주고, 꿈도 주고, 멀어져 갔네, 님은 먼 곳에. 영원히 영원히 아주 먼 곳에, 님이 아니면 못 산다 할 것을. 사랑한다고 말할 걸 그랬지, 망설이다가 가버린 사람. 망설이다가 님은 먼 곳에.

떠나간 사람에 대한 안타까운 마음은 예나 지금이나 다르지 않습니다. 100년 전의 노래나 요즘의 유행가나 이별의 아쉬움은 안타깝기만 합니다.

인생의 마지막 순간에서.

사람이 임종에 임박했을 때 생명의 유지장치가 단지
죽음의 순간을 늦추기만 할 뿐이라면, 나는 경관 영양이나
산소 호흡기를 원하지 않는다. 나는 어떠한 생명유지장치도
원하지 않는다.

나는 내 몸의 어떠한 부분이든 내 생명이 유지할 수 없는
형편이라면 모두 기증하고 싶다. 2022년도 8월 20일
새벽 다섯시에 임봉택의 생각이다.

**삶이 위대한 이유.**

강론하시는 신부님이 신도들에게 질문을 했습니다. 지옥에
가고 싶은 분이 있으면 손들어 보세요, 하고 물으니 아무도
손을 들지 않았습니다. 그러면 천당에 가고 싶은 분은 손들어
보세요, 하고 물으니 모두가 손을 들었습니다. 그러면 지금
당장 (이 자리에서) 천당 가고 싶은 분은 손들어 보세요 하고
물으니 아무도 손을 들지 않았습니다.

그러니까 지금 우리가 살고 있는 곳이 천당보다 낫다는

진실의 힘 선생들과 함께 한 제주여행에서. 2012년 4월 3일.

이야기가 아닐까요? 옛말에 거꾸로 달아매 놓아도 이 세상이 더 좋다는 말이 있지요. 아무리 괴롭고 슬픈 일이 있어도 꿋꿋하게 살다 보면 행복한 날도 올 것입니다.

# 재심과 고문수사관 대면

나는 2006년 3월에 '진실·화해를 위한 과거사정리위원회'에
진정을 했는데 2009년 9월에 "진실규명 결정이 됐다"는
통보를 받았다. "군산경찰서 형사들이 박춘환, 유명록,
임봉택을 불법 구금하고 고문해서 받아낸 허위자백으로 간첩
조작했다"는 내용이었다. 그래서 재심을 하게 된 것인데, 그때
만난 사람이 송소연 이사, 서울에 있는 조용환 변호사였다.
그때만 해도 우리 같은 섬에 사는 사람들이 서울의 변호사를
만나는 것은 생각지도 못했다. 돈 없는 나 같은 사람이 서울의
변호사를 어떻게 생각이나 했겠는가? 다행히 조 변호사님을
만나 선임비 걱정없이 재심을 시작할 수 있게 됐다.

그렇게 우리는 재심 재판을 시작했다. 전주지방법원
군산지원에서 열린 재심 재판에서 무죄를 받았다. 그런데
검찰이 항소하고 상고해서 대법원까지 갔다. 결국 2011년
대법원이 무죄를 선고해서 끝났다. 하, 무죄를 받았는데 이건
어떻게 즐겁다는 것보다 참 마음이, 세상 별 생각이 다 들었다.
어쩐지 허전한 마음이랄까, 지난 날 억울하고 괴롭게 살아온
나날들이 어지럽게 내 머리를 스쳐갔다. 그 중에서도 지워지지
않는 것은 억울하게 돌아가신 우리 아버지 생각.

"아버지, 내가 대법원에서까지 무죄를 받았습니다!"

아무도 없는 바닷가 작업장 한쪽 귀퉁이에서 나 혼자
중얼거렸을 뿐이다. 나도 모르게 눈물이 핑 돌며 목이 멨다.
누가 볼까 봐 돌아앉아 눈물을 닦았다. 그래, 언제나 손해만
보고 살았던 인생인데, 그래도 이렇게 살아 있으니까 진짜로
이렇게 좋은 세상도 오는구나. 거꾸로 매달려도 세상이 좋은
거구나 생각했다.

재심 재판이 열릴 때마다 진실의 힘 식구들은 군산으로,
전주로 다 내려와 법원에서 재판을 방청했다. 재심 때
기억나는 일은 검찰 증인으로 김동석이 나온 것이다.
군산경찰서에서 남궁길영 못지않게 때리고 나를 고문하던
악질형사. 그날 재판 시작 전, 복도에서 기다리고 있는 그놈을
내가 미리 봤다. 딱 보니까 그놈이었다. 김동석, 그놈 이름은
잊을 수 없지. 아, 그놈이 의자에 버티고 앉아 있는 것이다.
그놈을 보는 순간 손발이 덜덜덜덜 떨려 어찌할 바를 몰랐다.
그러나 송 이사가 화가 나더라도 때리면 안 된다고 한 말이
생각 나 꾹 참고 재판 시간을 기다리고 있었다.

재판이 시작되어 우리는 피고인석에 앉았다. 판사가
증인 김동석한테 "증인은 피고인들 - 유명록이 박춘환이
임봉택이, 이런 사람들 아느냐?"고 물었다. 그런데 이 놈이
"전혀 모르는 사람들"이라고 오리발을 딱 내놓는 것이다.
저 사람들 모른다는 것이다. 그러면서 "내가, 우리가 뭣 때문에
저 사람들을 고문까지 해가면서 취조를 하겠느냐?" 그 놈이
이런 식으로 얘기를 하는 것이다. 피고인 자리에 앉아있는
내 가슴이 터질 것 같았다. 얼마나 열이 받겠는가? 나도 모르게
벌떡 일어났다. 나는 그 놈 앉은 데로 가서 어깨죽지를 딱
잡았다. "여보시오, 여보시오. 진짜 당신이 우리를 모르겠소?
당신 진짜로 몰라?"했더니, 뒤로 나를 돌아보면서 모른다는
것이다. 그래서 내가 판사님한테 말했다.

"판사님, 이 사람이 말이요, 운동 꽤나 했대요. 그래 가지고
이 사람이 때릴 때 꼭 어디를 때린 줄 아십니까? 이 손으로
말이요. 손날을 세워 꼭 때려도 모가지만 쳤습니다. 당수
운동을 했다면서 목줄기를 어찌나 쳐대는지 목구멍이
부었습니다. 밥은 고사하고 물도 제대로 마시지 못했습니다.
목이 부어 갖고!"

재심 재판을 받은 법원에서 아내 편복희와 함께.

재심 재판에서 무죄판결을 받은 날, 법정을 나서며. 친구 유명록(왼쪽), 박춘환(오른쪽)과 함께.
2010년 6월 18일.

판사가 내 말을 듣고 알았으니 들어가라고 해서 피고인
석으로 돌아왔다. 그리고 나서 증인도 그만 들어가세요, 판사
말이 끝나기가 무섭게 그놈은 귀 잘린 돼지 새끼 도망치듯
법정을 빠져 나갔다. 재판이 끝날 때까지 그놈이 법정에
있었다면, 그 놈의 맥아지를 잡아 분풀이를 조금이라도 했다면
얼마나 좋았을까 생각도 해봤지만, 이미 도망간 놈을 찾을
수도 없는 노릇이었다. 허전한 마음이었다.

# 진실의 힘

재심을 준비하며 송 이사와 조 변호사님, 그리고 다른 선생님들을 자주 만나는 과정에서 진실의 힘을 왜 만들고, 또 무엇을 할 것인지 그런 이야기를 많이 듣게 됐다. 이미 진실의 힘에 참여한 선생들 이야기도 들으며 나 역시 무죄를 받으면 우리와 같이 억울하게 당한 사람들을 돕는 진실의 힘에 참가하기로 약속했다. 그렇게 진실의 힘에 발을 딛게 된 것이다.

진실의 힘은 우리 같이 억울한 처지에 있는 사람들, 그리고 그 보다 더 못한 사람들을 도와주는 일을 하고 있는데, 인도네시아, 버마(미얀마) 등 다른 나라에서 억울한 처지에 있는 사람들을 찾아 해마다 6월 26일 고문피해자 지원의 날에 인권상을 주며 돕기도 했다. 말은 통하지 않았지만 우리가 만든 감사패를 드리며 기쁨을 함께 나눴던 기억이 떠오른다. 그때마다 나는 서울에 올라가 행사나 회의에 참석하여 내가 할 수 있는 일은 다 해보려고 노력했다.

나 혼자 힘으로는 내가 누군가를 도와주고 싶어도 힘이 없어서 도울 수가 없는데, 함께 모여서 일을 봐주니까 할 수 있었고, 좋았다. 나는 배우지 못해서 앞장서지는 못하지만,

위 진실의 힘 현판식(2010년 6월 25일), 아래 진실의 힘 제주여행(2012년 4월 3일).

진실의 힘 이사들과 함께 사무실에서. 2022년 7월 5일.
뒷줄 왼쪽부터 문요한·조용환·최영아·임봉택·송소연 이사,
앞줄 왼쪽부터 채수미 선생, 박동운 이사장, 오주석 선생.

마음으로 돕고, 또 심부름이라도 내가 할 수 있지 않나
생각한다.

진실의 힘은 친척보다 동기간보다 더 믿음 있고, 서로 더
진심으로 대하는 곳이다. 진실의 힘에 다니면서 여러분들의
사연을 들어보니 나의 억울함은 새 발에 피도 되지 않을
정도로, 더 억울한 누명을 쓰고 감옥살이를 하신 분들이
너무나도 많다는 것을 알게 됐다. 나는 그때부터 진실의 힘에
더더욱 관심을 갖게 됐다. 그러나 초등학교 밖에 나오지 못한
나로서는 진실의 힘에 무엇을 어떻게 해야만 조금이라도
보탬이 되는지를 생각을 해봤지만 내가 할 수 있는 일이
없을 것만 같았다. 배운 것이 없으면 돈이라도 있어야 조그만
보탬이라도 줄 수 있겠지만 그렇지도 못하니까.

진실의 힘에 자주 들르지는 못하지만 어쩌다 한 번씩
사무실에 가면 서로 반갑게 웃는 얼굴로 환영해 주는 우리
사무실 식구들이 고맙기만 하다. 옛날에는 아무에게도 말할
수 없었던 우리들의 사연을 흉허물 없이 이야기할 수 있는
곳이 우리 진실의 힘이다. 지금도 그렇다. 내가 하고 싶은 말은
다할 수 있고, 여러분의 이야기를 들을 수 있어 얼마나 좋은 지

위 제1회 진실의 힘 인권상 수상자 서승 선생에게 상패를 수여하고 있다. 2011년 6월 26일.
아래 제7회 진실의 힘 인권상 수상자 베드조 운퉁 YPKP 65(인도네시아 1965/66 학살 진상
연구소) 대표와 인권상 심사위원들. 2017년 6월 26일. 남산 문학의 집.

모른다. 이런 것이 우리 진실의 힘의 매력이 아니겠는가?

나는 지금도 이 험한 세상을 살면서도 할말은 하고
잘못됐다고 생각되면 어느 누구든 눈치보지 않고 따질
건 따지고 살아간다. 내가 이 나이에 누구를 믿고 이렇게
당당하게 살 수 있을까? 솔직히 말해서 우리 진실의 힘이
있어서 이렇게 당당하게 살고 있다. 너무 오바한다고 생각할지
모르지만 내 마음은 진실이다.

이제 8월도 마지막 날이군요. 눈뜨면 아침이고 돌아서면 저녁이고,
월요일인가 하면 벌써 주말이고, 어느새 8월의 마지막 날이네요.
세월이 빠른 건지 내가 급한 건지 아니면 내 삶이 짧아진 건지? 거울을
보면 나는 어느새 늙어 있고 마음 속에 나는 그대로인데 어느새 세월은
참 빨리도 갑니다.

짧은 세월, 허무한 세월 그래도 하루하루 최선을 다하면서
살아야겠지요. 늘 바람처럼 물처럼 세월이 우리를 스쳐 지나간다 해도
사는 날까지는 열심히 살아야겠지요. 우리가 사는 동안 아프지도 말고
괴로워하지 말고 어느 하늘 어느 곳에 살든 우리 님들은 행복하게
살았으면 좋겠습니다.

# 나의 꽃밭

나는 꽃을 좋아한다. 그래서 군산에 나가면 가까운 거리에
있는 서천장이나 장항장, 대야장 같은 곳을 자주 가는 편이다.
두리 엄마한테는 장에 가서 맛있는 것 있으면 사먹고 마음에
드는 먹거리가 있으면 사오자고 꼬드기지만, 나는 사실은
꽃나무 때문에 장 서는 곳을 자주 찾는다. 요즘에는 내가 장에
가자고 하면 두리 엄마 하는 말, "꽃 때문에 또 장에 가려고
그러지?" 하면서도 따라 나선다.

나는 장에 가면 첫 번째로 꽃 파는 곳을 먼저 들른다. 마음에
드는 꽃이 있으면 너무나 비싼 것은 못 사지만 웬만한
가격이면 사는 편이다. 그래서 우리 화단에는 꽃들이 많이
피어있고 또 개야도의 구경거리가 되는 것이다.

사람도 그렇지만 꽃들도 사람의 사랑을 받지 못하면 제대로
꽃을 피우지 못한다. 우리 집 식탁에는 일년 내내 호접란 붉은
꽃이 떠나지 않는다. 아침, 저녁 밥 먹을 때마다 활짝 핀 꽃을
보며 밥을 먹으면 기분이 좋아진다.

우리집 동백꽃은 겨울부터 피어 있으니까 말할 것도 없고,
정월 초순부터 수선화가 피기 시작한다. 꽃잔디에서 매화까지

피면 그 뒤로는 삼색도화꽃, 벚꽃을 비롯해서 작약, 조팝나무, 밥태기, 장미, 창포, 봉선화, 수국이 앞다투어 피어난다. 백합, 선인장, 접시꽃, 해바라기, 백일홍, 분꽃, 맨드라미, 서광꽃, 옥잠화, 그리고 무화과 나무에는 열매가 많이 열려 익어가는 중이다. 코스모스는 아직 피지 않았다. 지난 해 가을, 우리 화단에는 국화꽃으로 장관을 이뤘다. 지나가는 사람들이나 놀러 온 사람들이 사진을 많이 찍어갔다. 그런데 올해는 초여름 가뭄에 다 말라죽어 몇 그루만 살아 있어 서운하기 짝이 없다. 그래서 며칠만 있다가 차 가지고 나가서 많이 좀 사다가 심어 놓을 예정이다. 우리 집엔 내가 이름을 모르는 꽃들이 몇 가지 있는데, 인터넷으로 확인을 해보면 맨날 외국 말로만 나와서 그 꽃이름을 외울 수가 없다.

앞으로 내가 몇 년이나 더 살지 모르지만, 몸만 건강하다면 나는 육지로 나가지 않고 개야도에서 살고 싶다. 개야도는 내 일생을 행복하게 품어주는 곳이다. 나는 두리 엄마와 함께 무려 18년이란 세월을 바다 생활을 하며 살아왔다. 부부간의 노력이었겠지만, 내 고향 개야도는 우리를 품어주었다. 나는 개야도에서 사는 그날까지 어머니의 품 안처럼 따뜻하게

품어주는 내 고향 개야도에서 사랑하는 두리 엄마,
편복희 씨와 오순도순 살아갈 것이다.

# 거꾸로 매달아도 사는 게 좋다

| | |
|---|---|
| 초판 1쇄 발행 | 2023년 12월 1일 |
| 지은이 | 임봉택 |
| 펴낸이 | 박동운 |
| 펴낸곳 | (재)진실의 힘 |
| | 서울시 중구 세종대로 19길 16 성공회빌딩 3층 |
| | 전화 02-741-6260 |
| | truthfoundation.or.kr |
| | truth@truthfoundation.or.kr |
| | instagram.com/jinsil_book |
| 기획·편집 | 송소연 |
| 본문 그림 | 임봉택 |
| 디자인 | 공미경 |
| 제작·관리 | 조미진 |
| 인쇄·제책 | 한영문화사 |

ISBN 979-11-985056-0-6 03810

ⓒ 임봉택, 2023
이 책 내용의 전부 또는 일부를 재사용하려면 반드시 지은이와 출판사 양쪽의
사전 동의를 받아야 합니다.